『みんなの力を合わせて!』
フェル
ドラちゃん
ゴン爺
ムコーダ

『巨大ガニを茹でよう!!』
スイ
……

ニンリル
『次のテナントは和菓子屋がいいぞ！』
『絶対にアイス屋さん』
ルサールカ

とんでもスキルで異世界放浪メシ

14

クリームコロッケ
×
邪教の終焉

江口 連
author・Ren Eguchi
イラスト・雅
illustration・Masa

前回までのあらすじ

胡散臭い王国の「勇者召喚」に巻き込まれ、剣と魔法の異世界へと来てしまった
現代日本のサラリーマン・向田剛志（ムコーダ）。
どうにか王城を出奔して旅に出るムコーダだったが、
固有スキル『ネットスーパー』で取り寄せる商品やムコーダの料理を狙い、
「伝説の魔獣」に「女神」といったとんでもない奴らが集まってきては
従魔になったり加護を与えたりしてくるのだった。
新たに従魔となった古竜のゴン爺と共に、
カレーリナの自宅に帰ってきたムコーダ一行。
そこに献金を寄越せとルバノフ教が乗り込んできた。
あまりの暴挙に怒り心頭のムコーダは、
創造神デミウルゴスの頼みを受けて
ルバノフ教をとっちめることになり……？

ムコーダ
人間
現代日本から召喚されたサラリーマン。固有スキル『ネットスーパー』を持つ。料理が得意。へたれ。
固有スキル
『ネットスーパー』
いつでもどこでも、現代日本の商品を購入できるムコーダの固有スキル。購入した食材にはステータスアップ効果がある。

人物紹介

ムコーダ一行

ゴン爺

従　魔（300年限定）

かつてフェルと激闘を繰り広げた古竜。案の定ムコーダの料理目当てで従魔となる（300年限定）。

ドラちゃん

従　魔

世にも珍しいピクシードラゴン。小さいけれど成竜。やはりムコーダの料理目当てで従魔となる。

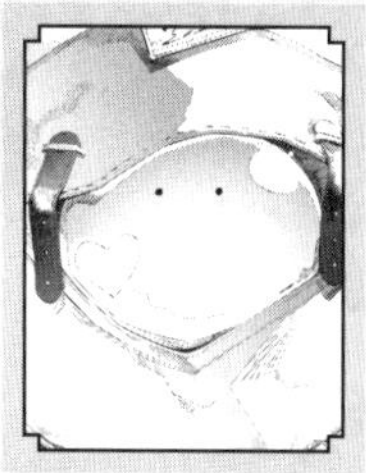

スイ

従　魔

生まれたばかりのスライム。ごはんをくれたムコーダに懐いて従魔となる。かわいい。

フェル

従　魔

伝説の魔獣・フェンリル。ムコーダの作る異世界の料理目当てに契約を迫り従魔となる。野菜は嫌い。

神　界

ルサールカ

神　様

水の女神。お供え目当てでムコーダの従魔・スイに加護を与える。異世界の食べ物が大好き。

キシャール

神　様

土の女神。お供え目当てでムコーダに加護を与える。異世界の美容品の効果に魅せられる。

アグニ

神　様

火の女神。お供え目当てでムコーダに加護を与える。異世界のお酒、特にビールがお気に入り。

ニンリル

神　様

風の女神。お供え目当てでムコーダに加護を与える。異世界の甘味、特にどら焼きに目が無い。

◀ 進む

もくじ

9 × 章
1 × 閑話
1 × 番外

◀ 進む

第一章　デミウルゴス劇場

俺たち一行は、ルバノフ神聖王国と小国群との国境に広がる深い森の中に留《とど》まっていた。

というのも、朝にカレーリナの街を発《た》ち、その日の夜にはルバノフ神聖王国へとたどり着くことは可能ではあったのだが、夜にルバノフ教総本山を潰しても目撃者が少なくなるんじゃないかと思ってね。

そうなると効果がイマイチになりそうだし。

やっぱり、こういうことは目撃者が多数いることで絶大なインパクトを与えられると思うんだ。

そういうことから、みんなと話し合ったうえで、この森で一泊して、翌朝、ルバノフ教総本山に乗り込むことに決まった。

『そうと決まれば腹ごしらえだ』

『うむ。明日の大一番に備えてな』

『たらふく食って備えるべし、だな！』

『スイもいっぱい食べる～』

「そんなこと言ってるけど、明日に備えてって、みんながいっぱい食うのはいつものことじゃん」

毎食毎食たらふく食ってて何言ってんだよって感じだぞ。

それに……。

「どうせ明日の朝飯だって腹いっぱいに食うつもりなんだろ？」

『何を当たり前のことを』

『当然じゃな』

『ま、明日の朝は明日の朝だもんな』

『明日もいっぱい食べるよ～』

君らみんな潔すぎだからね。

たまには遠慮してくれてもいいんだよ。

って、食いしん坊カルテットには無理か。

そう思って苦笑いしながら夕飯の用意をしていく。

とは言っても、カレーリナで作ってきたからアイテムボックスから出すだけなんだけどね。

今回の件、フェルたちがどうにかされるなんてことは万が一にもあり得ないだろう。

けど、演出上、みんなにはちょっとした小芝居を打ってもらうことになっているのだ。

人語がしゃべれるフェルとゴン爺《じい》の役割は特に重要。

そこで、ゲン担ぎにとこれを作ってきた。

「はい、カツ丼」

フェルたち専用の深めの大皿に盛った特盛カツ丼をみんなの目の前に置くと、待ってましたとばかりに勢いよくかっ込んでいる。

やっぱり勝負飯っていったらこれだよねぇ。

『主殿、このカツ丼というのも美味《うま》いのう！』

そう言いながらガツガツとカツ丼を食うゴン爺。

そういやカツ丼、ゴン爺には初めて出したのか。

揚げたてのトンカツ（オークの肉だから正確にはオークカツっていうんだろうけどさ）の衣に染み込んだ甘辛い割下とそれを包むふんわりトロトロの卵……。

うん、間違いない美味さだよね。

うう、見ていたら涎《よだれ》が口の中にあふれてきた。

俺も食おうっと。

俺用に作ってきたカツ丼に箸をつけた。

「カツ丼、やっぱ美味いなぁ」

一口食った後はかっ込むように豪快に食っていく俺だった。

…………………

…………

……

『ふぅ～。カツ丼、美味かったぞ、主殿』

『うむ。悪くはないな。ただ、我は肉だけの方が好きだがな』

『トンカツか。確かにあれも美味いよな～』

『スイはね、どっちも好きー』

カツ丼をたらふく食って夕食を終えたみんながコーラを飲みながらそんなことを口にしている。

フェルはあんだけ食ってて何が『我は肉だけの方が好きだがな』だよ。

明日に備えてなのか、いつにも増して食欲旺盛な食いしん坊カルテットに、しこたま作ってきたカツ丼が足りなくなるんじゃないかと途中何度も焦ったんだからな。

「はいはい、トンカツも用意してあるから、明日の朝に出してやるよ」

俺がそう言うと、みんな嬉《うれ》しそうにしている。

もちろん、俺は別口であっさり朝食メニューだけどね。

食いしん坊カルテットには朝から肉食は当然の話で、肉であればどんな調理方法であろうがドンと来いだもんね。

だから、朝から揚げ物でも無問題。

みんなの胃袋ってどうなってるんかねぇ、ホント。

あ、スイには胃袋自体がないけどさ。

明日の朝みんなに出す予定の山盛りのトンカツを想像して胃がムカムカしてきた。

それを抑えるように、愛用のマグカップに入ったブラックコーヒーを一口すすった。

明日の朝食のことは置いておいて、それよりも……。

「フェル、ゴン爺、明日の手はずというか、口上は大丈夫なんだろうな？」

カレーリナからここまでの移動中に、念話を使ってみんなとは散々打ち合わせをした。

演出上、強者が前面に出る方がより説得力があるということで、メインはフェル、ゴン爺、ドラちゃん、スイで、俺はゴン爺の背に乗って伏せて隠れている予定。

フェルとゴン爺は特に重要な役どころだ。

『フン、当然だ。我は風の女神ニンリル様の眷属《けんぞく》なのだぞ。それに創造神デミウルゴス様というのは、ニンリル様の上位の神なのだろう？　さすればニンリル様の顔に泥を塗るような真似《まね》はできん。任せておけ』

そう言って自信満々なフェル。

『儂《わし》とて大丈夫じゃぞ。そのくらい造作もないことよ』

ゴン爺も自信満々だ。

「ならいいけど……。ドラちゃんもスイも明日はよろしくな」

『おうよ！』

『スイ、がんばるよ～』

ドラちゃんとスイはともかく、フェルとゴン爺は本当に大丈夫だろうな。

◇　◇　◇　◇　◇

朝からトンカツをドカ食いして準備万端な食いしん坊カルテットとともにルバノフ神聖王国へと入った。

そして、ついにルバノフ教総本山の教会が目の前に。

正直、教会がどこにあるのかなんて知らなかったけど、ゴン爺がバッチリ知っていた。

曰《いわ》く『目立つから良い目印になるんじゃ』とのこと。

その目立つ教会の前にある広場に降り立ったわけだが……。

元の大きさに戻ったゴン爺が余裕で降り立つことができたことからも、相当の広さがあるのが分かる。

その広場を見渡すように造られた建物も相当なものだった。

ゴン爺から目立つとは聞いていたけど……。

「これが、教会?」

予定通りにゴン爺の背中に待機中だが、そこから見た教会は城かと見紛《みまが》うほどにデカかった。

なにせこの巨大なゴン爺よりもさらにデカいのだから。

しかも、細部にまで拘《こだわ》っていることが一見してわかるくらいに金がかかっていそうな造りをしていた。

窓枠一つとっても細やかな細工がなされて、正に贅《ぜい》を尽くした仕様だ。

教会の豪華さに唖然《あぜん》としていた俺だが、そこかしこから悲鳴や怒声が聞こえてきてハッと我に返った。

それと同時に、教会の中からピカピカの白銀の鎧《よろい》を着こんだ騎士たちがワラワラと出て来るのが見える。

「けっ、穢《けが》らわしい魔物め！　我ら聖騎士隊《パラディン》が成敗してくれる！」

中央にいたひときわ豪華な鎧を着こんだ騎士がそう叫んだ。

『穢らわしい、だと？　フェンリルであるこの我に向かって。小賢《こざか》しい人間どもめ、細切れにしてくれるわっ』

フェル、激おこ。

『細切れなど生易しいわい。古竜《エンシェントドラゴン》である儂を穢らわしいなどとほざきおったのだからのう。儂のブレスで跡形もなく消し去ってやるわ』

ゴン爺も激おこ。

今にも攻撃しそうなフェルとゴン爺に焦りながら念話を送った。

「フェ、フェル～、堪《こら》えてくれ！　昨日、任せておけって言ってたでしょ！」

『むむ、し、しかしなっ』

「ゴン爺もだぞ！　造作もないって言ってたじゃん！」

『それはだな……』

「頼むよ～、流れがおかしくなるだろ。それにデミウルゴス様の出番もあるんだからな！」

デミウルゴス様がこのミッションの肝なのに、癇癪《かんしゃく》起こして攻撃しちゃったら元も子もないんだよ～。

「フェルもゴン爺もちゃんと予定通りにやってよ！」

『散々打ち合わせしたのに何やってんだよお前ら～。ダメダメだな』

『フェルおじちゃんとゴン爺ちゃん、ダメダメ～』

『ぐぬ……』

『ぐっ……』

あれだけ自信満々なこと言っておいてホントダメダメだよ。

ドラちゃんもスイももっと言ったれ。

「とにかく、フェルもゴン爺も予定通りの口上を言ってくれよな！　ちゃんとやってくれないと今晩の夕飯はないかもよ！」

『わ、分かった』

『う、うむ』

夕飯ないかも発言が効いたのか、フェルもゴン爺も気を取り直して当初の予定通りに事を進めることにしたようだ。

『我は風の女神ニンリル様の眷属であるフェンリル。ニンリル様の上位神たる創造神デミウルゴス様の神託によりこの地に参った』

『儂は古《いにしえ》よりこの世界を見てきた古竜《エンシエントドラゴン》。創造神デミウルゴス様の神託によりこの地に参った』

『『人間どもよ、創造神デミウルゴス様の声を聴け』』

フェルとゴン爺の口上が終わったところで……。

「デミウルゴス様、お願いいたします！」

俺は、思考の読めるデミウルゴス様に念話を送りバトンタッチしたのだった。

◇◇◇◇◇

『オッホン、あ～、儂はこの世界の創造神デミウルゴスじゃ。この世界の最上位神でもある。儂にはここ最近疑問に思うことがあってのう。まずは、その疑問に答えてもらおうではないか。おい、そこの教会の中で縮こまっている教皇とやら、出てくるのじゃ』

頭の中に、俺にとっては馴染《なじ》みのデミウルゴス様の声が響いていた。

デミウルゴス様との話し合いで、この声は、ルバノフ教信者、すなわちルバノフ神聖王国の支配地域に住む人々と四女神等ほかの宗教の主要教会関係者、そして各国の王族・皇族に届くようになっている。

デミウルゴス様からは『この大陸に住まう人々すべてに届けることもできるぞ』というお言葉があったけど、さすがにそれはやり過ぎという話になり、この範囲にとどめた。

これでも十分過ぎるほどの効果は出るんじゃないかなと俺は思っている。

というか、既に抜群の効果を発揮している。

その証拠に、多くの人が驚愕《きょうがく》の表情を見せ固唾を呑み、中には膝を突いて祈りを捧《ささ》げるものまで出始めていた。

そりゃあそうだよね。

神様の声が頭の中に直接聞こえてくるんだから。

『早う出て来い』

デミウルゴス様に急《せ》かされたからか、白地に金の刺繍《ししゅう》が施された派手な法衣《ほうえ》を着た十数人の集団が教会の中から出てきた。

その中でも、宝石まで縫い付けられたひときわ豪華な法衣を着ているのが教皇っぽいな。

『ようやく出てきたか。ルバノフ教のう～。で、ルバノフって誰じゃ？』

プププ、デ、デミウルゴス様、それをここで聞いちゃうんだ。

あれ？

教皇さんはじめ豪華な法衣を着ている連中は、何故《なぜ》か真っ青な顔をして今にも倒れそうだけど、もしかしてルバノフなんて神様いないって分かってる？

『答えぬつもりか？』

「…………ル、ル、ルバノフ様は、全知全能であり、わ、我ら輝ける人族の神であらせられます」

たくさんの人がいるにもかかわらず、静まり返った広場に教皇のか細い声がやけにはっきりと聞こえた。

『全知全能の人族の神のう～、ふむふむ。さっき言った通り、儂、この世界の創造神で最上位神なのじゃ。当然、この世界の神々も全て知っておる。そこで言わせてもらうが、ルバノフなんていう神はおらんぞ。そもそも神々は人種によって優劣などつけんわい』

デミウルゴス様がそう断言すると、広場の周りにいた人々からざわめきが。

「そ、そんなはずはっ……」

咄嗟《とっさ》に反論する教皇だが、デミウルゴス様に通じるはずもない。

『神に嘘《うそ》は通じんぞい。そこにいるお主らルバノフ教の上層部は、その地位に就いたときに教わっているじゃろうが。ルバノフ教がただの金集めのためにできた宗教だということをのう。それを知ったうえでその地位に就いたのじゃから、お主らは全員金の亡者じゃのう』

デミウルゴス様にルバノフ教の正体と成り立ちをバラされた法衣服を着た教皇たち上層部は、青を通り越して真っ白になった顔色でヨロヨロと今にも倒れそうになっている。

『まぁ、それはいい。お主ら人が今の時代を生きていくうえで、金というものは必要なものじゃろうからのう。それが詐欺まがいのことであっても、その程度であれば儂が口を出すことはない。だがのう……』

デミウルゴス様、もしかしてめっちゃ怒ってる？

何か肌がざわざわして鳥肌がたってるんだけど。

『お主らは何をした？　獣人、エルフ、ドワーフをおもちゃにするのは当然、同じ人族でも見目の良い少年少女を見つければ召し上げておもちゃにする。そして、飽きれば奴隷として売り払う。お主らルバノフ教に属する者は、平気でそのようなことをしよる。特に上層部はひどいもんじゃ。どうなるか知ったうえで、売り先が帝国じゃからのう。帝国に売られた者は、戦闘訓練の的になって死ぬことになる。死してなお、口にするのもおぞましい運命が待ち受けているというのを知りながらのう……』

死んでからも待つ、口にするのもおぞましい運命って、どういうことだ？

デミウルゴス様がそこまで言うって、怖すぎるぞ。

『この際じゃ、帝国にも一言言っておくのじゃ。帝国の皇帝よ、聞いておるのう。お主ら帝国人は、帝国人以外は人とは見ておらんな。そのことから今の悪習が始まったのじゃろうが、それは止《や》めるのじゃ。今後一切、そのような悪習は認めぬ。よいか、儂は見ているぞ』

うわ、帝国もデミウルゴス様に目を付けられてるのか。

帝国って、ここ数十年は国境封鎖しているらしくて、俺もバリバリの軍事国家っていうことくらいしか知らないからな。

あとは、国境が接している国とは年中小競り合いしているとは聞いているけど。

もうそれだけで関わり合いにはならんとこって思うけど、デミウルゴス様に目を付けられているようならなおさらだな。

『ルバノフ教に話を戻すが、どうしようもないことに、先に言ったこと以外にも星の数ほど悪事を働いておるじゃろう。いもしない神の名を騙《かた》り悪行の限りを尽くすお主らに、さすがの儂も看過できなくなったわい』

デミウルゴス様に、悪行の限りを尽くすだなんて言われるとはね。

ルバノフ教って、本当にどうしようもないな。

『そういうことじゃから、お仕置きじゃ。ゴホンッ、フェンリル、そして古竜《エンシエントドラゴン》、やっておしまいなさい。…………ふぉっふぉー、このセリフ一度言ってみたかったのじゃ～』

……デミウルゴス様、心の声がバッチリ聞こえてますよ。

というか、水〇〇門ですか？

あれ見たんですね。

『『ぎょ、御意』』

デミウルゴス様のせいで、フェルもゴン爺も顔が引き攣《つ》ってるじゃん。

『おい、お前ら。巻き込まれたくなければ建物から離れるんだな』

『この警告もデミウルゴス様のお慈悲によるものじゃ。お主らが離れようが離れまいが儂らはやる

からのう』

フェルとゴン爺がそう告げると、脱兎《だつと》のごとく離れていく自称聖騎士《パラディン》隊と法衣服の教皇たち。

逃げ足だけは早いな。

『では、行くぞ』

『うむ』

『俺もやるぞ！』

『スイもー』

フェルとゴン爺はもちろんのこと、ドラちゃんとスイもスタンバイＯＫ。

みんながこれから教会へと攻撃に入ろうというその瞬間。

「嘘を言うなぁぁぁぁぁぁっ！　ルバノフ教こそ至高の教義！　我がこの魔剣で穢れた魔物を成敗してくれるわぁぁぁぁっ！」

剣を手に、そう叫びながら教会の扉から飛び出してきたのは自称聖騎士《パラディン》隊の豪華な鎧を着こんだ騎士だった。

「ま、魔剣!?」

エルランドさんから、ルバノフ教総本山の教会に〝魔剣ジュワイユーズ〟が保管されていると聞いたのを思い出した。

そして、ヤバいと思った。

もしかしたら、みんなが斬られるんじゃないかと。

そう思ったら勝手に体が動いていた。

ゴン爺の体から滑り落ちるように飛び降りて、アイテムボックスの中にある一番俺の手に馴染んだ魔剣グラムをひっつかんだ。

そして――――。

「うぉぉぉぉぉっ」

ガキンッ。

豪華な鎧を着こんだ騎士の魔剣と俺の魔剣グラムの刃が交差した。

『フン、その程度で我らが傷つくものか』

『そうじゃのう。それに、その剣、魔剣と言われるほどの魔力は感じぬわい。偽物じゃろうて。その証拠に……』

「え？」

騎士の魔剣がポッキリと根元から折れていた。

「何故だぁぁぁぁっ」

騎士の絶叫が響き渡った。

『あ、それ魔剣じゃないぞい。１００年前？　いや２００年前か？　忘れたが、当時のルバノフ教の上層部が嬉々《きき》として金に換えおったわい』

デミウルゴス様……。

その追い打ちの言葉で、騎士さんが膝をついてガックリ項垂《うなだ》れちゃいましたよ。

ガックリと膝をついた騎士は、自称聖騎士隊《パラディン》の面々によって連れていかれる。

『まぁ、気弱なお主にしては良い動きだったぞ』

フェル、褒めるなら普通に褒めてよね。

『改めて、行くぞ』

フェルのその言葉の後――――。

ドッゴーンッ、バリバリバリバリバリィィイッ――――。

ドッガァァァン――――。

ドシュッ、ドシュッ、ドシュドシュドシュドシュッ――――。

ビュッ、ビュッ、ビュッ、ビュッ――――。

フェルの雷魔法の稲妻が、そしてゴン爺の土魔法の大岩、ドラちゃんの氷魔法の先が尖《とが》った氷の柱、スイの酸弾、それらが一気に城のようなルバノフ教総本山の教会に襲いかかった。

盛大な光と土煙が消えると、そこには粉々になった瓦礫《がれき》が散乱していた。

◇　◇　◇　◇　◇

ルバノフ教総本山が瓦礫と化して大騒ぎとなった隙に、さっさととんずらしてきた俺たち一行。

フェルたちのたっての希望で、次の予定地であるロンカイネンの街へと向かう前に腹ごしらえをするために、ルバノフ神聖王国に向かう前に立ち寄ったルバノフ神聖王国と小国群との国境の森に再び降り立った。

「はぁ～、無事かどうかはさておき、なんとか終わったな……」

『あの程度では消化不良だがな』

『うむ。フェルの言う通りじゃな。主殿に言われて、自慢のドラゴンブレスも使えなかったしのう』

フェルもゴン爺もたったの一撃であっさり終わってしまったことに不満気だ。

「ゴン爺がドラゴンブレスなんて放ったら、辺り一面焦土になるぞ。だいたいさ、フェルとゴン爺が全力を出したら国そのものがなくなっちゃうだろうが」

『それはそれでいいだろう。どうせろくな国ではなかったのだからな』

「そう言うなって、フェル。デミウルゴス様もお仕置きって言ってたんだから、あのくらいがちょうどいいんだよ」

『でもよ～、あの程度の建物を壊すのに、俺たち全員でかからなくてもよかったんじゃねぇか？』

「そりゃあドラちゃんの言う通りかもしれないけど。まぁ、そこはみんなで仲良く共同作業した方がいいんじゃないかなぁって」

だって、誰か一人にやってもらったら、それはそれで文句タラタラになるでしょうよ君たち。

『ビュッビュッてもっとやりたかったなぁ～』

ハァ、スイまでそんなこと言うんだから……。

『まぁいい。そのロンカイネンという街の後には、我らが楽しめる場所に向かうからな』

『ん？　そんな予定あったかのう？』

『俺らが楽しめる場所ー？』

『フェルおじちゃん、そうなの～？　楽しみ～』

「おいおい、フェル、どこに向かうつもりなんだ？」

『ククク、まぁ、楽しみにしておれ』

ちょっと、フェル、何なのその含みのある言いぶり。

とんでもなく嫌な予感しかしないんだけど。

とてつもなく不安だ……。

その後フェルを問い詰めようとしたけど、腹が減ったみんなに急かされて、飯の用意をしなければならなくなった。

作り置きしてきたダンジョン豚のネギ塩豚丼で遅い昼飯をたらふく食ったフェルたちは、今度は食後の運動に狩りに行くと言い出して……。

ちょうどいいことに森の中にいるのだから狩りに行かない手はないだろうということらしい。

フェルたちはあれよあれよという間に意気揚々と狩りに出かけてしまい、フェルの発言を問い詰めようとしたのも有耶無耶《うやむや》になってしまったのだった。

◇◇◇◇◇

「まったく、消化不良だからって早速狩りに行っちゃうんだもんな、みんな」

フェルが楽しめる場所に向かうなんて含みのある事言ってたから、なら狩りなんて行かなくてもいいじゃんと思ったけど、それはそれ、これはこれなんて言ってさっさと行っちゃうんだから。

時々聞こえてくる不気味な鳴き声にビクつきながらも「フェルの結界があるし大丈夫だろう」と言い聞かせる。

「しかし、やることがないな。ネガティブ思考になるのは暇だからってのもあるのかも。うーむ……、カセットコンロしか使えないけど、夕飯の用意がてら料理でもするか」

はて、何を作ろうか……。

「そうだ、目をつむってアイテムボックスに手を突っ込んで……」

アイテムボックスの中をまさぐりつつ一つの肉塊をつかむ。

「よし、この肉だ！」

つかんだ肉を取り出してみると、ブリクストのダンジョンでしこたま手に入れたギガントミノタウロスの肉だった。

「ギガントミノタウロスの肉か、ふむ……」

ギガントミノタウロスの肉を抱えながらしばし考える。

「決めた。ニラと合わせて炒《いた》め物《もの》にしよう」

甘辛い味付けにして丼にすれば食べ応え抜群。

腹ペコで帰ってくる食いしん坊カルテットにもうってつけだろう。

「メニューが決まったら、ネットスーパーで足りない材料の買い足しだな」

ネットスーパーを開くのも、もはや手慣れた作業だ。

ささっと画面を開いて、ニラをカートに入れて精算すると、すぐに段ボール箱が現れる。

「よし、材料が揃《そろ》ったな。そうしたらまずは……」

ギガントミノタウロスの肉を適度な厚さの一口大に切っていく。

焼き肉用の肉って言えば分かりやすいかな。

あれくらいの厚さと大きさだ。

なにせこの料理自体、俺が一人焼肉をしたあとに残った焼き肉用の肉を使った定番料理だしね。

ま、それは置いておいて、次はニラを4、5センチくらいの長さに切っていく。

あとは、切ったギガントミノタウロスの肉に軽く塩胡椒《こしょう》をして片栗粉《かたくりこ》を薄くまぶしたら、醤油《しょうゆ》、酒、みりん、砂糖、すりおろしニンニクとすりおろしショウガ（チューブ入り）を混ぜ合わせておく。

「よし、下準備はＯＫ」

フライパンにゴマ油を熱してギガントミノタウロスの肉を投入。

肉の色が変わってある程度火が通ったところに合わせ調味料を入れて全体にからめたら、ニラを入れてさっと炒め合わせて出来上がりだ。

味見で一口。

「うん、白米が進む味だね。間違いない」

あとはカレーリナで作り置きしておいた土鍋で炊いた熱々の白飯を器によそって、その上に炒めたものをたっぷりかければニラとギガントミノタウロスの肉の甘辛炒め丼の完成だ。

食いしん坊なみんなのお代わりの分を含めて大量に丼を作り、アイテムボックスに一時保管する。

「調理自体は簡単だったから、まだ時間がありそうだな」

ということでもう一品。

といっても、これはストック用に。

前に作って残っていたコカトリスのひき肉を使って、肉そぼろを作ろうかなと思う。

スイに手伝ってもらった、ダンジョン豚とダンジョン牛の合いびき肉の肉そぼろはカレーリナで作ってきたけど、鶏系の肉そぼろのストックはないからね。

あと、肉だけのそぼろもいいけど、今回はいろいろと野菜も入れて具だくさんでと思って。

完全に俺の好みだけど、美味いからいいだろう。

まずは、具だくさんというからには、その具材の用意だ。

タマネギ、ニンジン、ピーマン、シイタケ、タケノコの水煮をネットスーパーで購入。

あとはそれらをみじん切りにしていく。

具材を切ったら、あとはフライパンで炒めていくだけ。

フライパンに油を熱して、コカトリスのひき肉を炒めていく。

ひき肉の色が変わって火が通ってきたら、タマネギ、ニンジン、ピーマン、シイタケ、タケノコのみじん切りを入れて炒めていく。

タマネギ、ニンジン、ピーマン、シイタケにある程度火が通ったら、醤油、みりん、酒、砂糖、すりおろしショウガ（チューブ入り）を入れて、水分がなくなるまで炒めれば出来上がりだ。

これも味見でパクリ。

「うん、これも上々の出来だな」

これは粗熱をとって特大タッパーに入れて保存だ。

うちの場合は、特大タッパー1つじゃなくて何個分もだけどね。

肉そぼろって作っておくと、めっちゃ便利なんだよね。

もちろんそのまま白飯の上にかけてもいいし、オムレツの具にしてもいいし、ひき肉チャーハンの具にしても美味い。

「ストック用にもっと作っておかないとな」

俺は4つのカセットコンロを駆使して、コカトリスの具だくさん肉そぼろを作っていった。

肉そぼろの入った最後の特大タッパーをアイテムボックスにしまうと既に日が傾き始めていた。

「もうそろそろフェルたちも帰ってくるかな……」

ストックしてある缶コーヒーを飲みつつみんなの帰りを待った。

ちょうど缶コーヒーを飲み終えるころに、夕暮れ時の空に浮かぶゴン爺の姿が。

「おかえり。どうだった？」

目の前に降り立ったみんなに声をかけるが、どうも表情が芳しくない。

『この森には美味い肉の魔物がまったく見つからなかった』

『マイコニドやらマンイーターやらトレントやら……。ロクなのがおらんかったのう』

フェルもゴン爺も憮然《ぶぜん》とした様子。

『そうそう。そんでよ、やっと見つかったと思ったら、しょうもない小物なんだから嫌になったぜ』

『むー、お肉とれなかった～』

ドラちゃんもスイも不満顔。

「ということは珍しく成果ゼロってことか。ま、たまにはそういうこともあるさ。夕飯用意してあるから、食って元気出せ」

そう言いながら、みんなにニラとギガントミノタウロスの肉の甘辛炒め丼を出した。

『うむ、とんだ無駄足だったからな。美味い飯でも食わないとやってられん』

そう言って憮然とした顔のフェルがガツガツ食い始める。

『やはり主殿の飯は美味いの～。嫌な気分も晴れるわ』

出した途端にバクバクと食い始めたゴン爺は、口をモグモグと動かしながらそんなことを言っている。

『うんうん、これ美味いな！ったくよー、これくらい美味い肉が獲《と》れればよかったんだけどな。次だ次！　次は美味いの獲るぜ！』

『これ美味《おい》しいー！　スイも次は美味しいお肉とるんだー』

ニラとギガントミノタウロスの肉の甘辛炒め丼を美味そうに頬張りながら、もう次の狩りのことを考えているドラちゃんとスイ。

『やはりこの屈辱は……で晴らすしかないな………』

口の周りをペロリと舐《な》めながら、鋭い目つきで何事かつぶやいているフェル。

ちょっと～、フェルがずっとはっきり言わないまま何かを企《たくら》んでる風なんだよなぁ。

ニラとギガントミノタウロスの肉の甘辛炒め丼を頬張り、フェルに胡乱《うろん》な目を向けながら「お願いだから変なこと言い出さないでくれよな～」と心の中で願う俺だった。

第二章　ロンカイネン到着

俺たち一行は、ロンカイネンの街の手前の草原に降り立った。

「けっこう早く着いたな」

『儂《わし》が飛べばこんなもんじゃわい』

例によって朝飯をたっぷりと食い、食休みも十分にとってから、ロンカイネンの街に向かってルバノフ神聖王国と小国群との国境の森を飛び立った俺たち一行だったが昼前には着いてしまった。

『おい、何か来たぞ』

パタパタと飛んでいたドラちゃんが、街の門前からやって来る集団にいち早く気が付いた。

『む、やるか?』

物騒なことを言い出すフェル。

『ビュッ、ビュッてやっつけていいのー?』

ほらぁ、真似《まね》してスイも物騒なこと言い出しちゃったじゃん。

「ちょっとフェル、物騒なこと言わないでよ。あれ、この街の兵士でしょうよ。スイも手を出したらダメだからね」

こちらに向かってくる同じような鎧《よろい》を着て槍《やり》を手にした集団は、その装備を見る限りこの街の兵士に間違いなさそうだ。

ロンカイネンの街へ向かうことは、冒険者ギルドにもちゃんと報告してあるんだけど、何だろうね……。

下手に動いて事を荒立てても面倒なだけだと思って、兵士たちが来るのをその場で待った。

「あ、あなたはSランク冒険者のムコーダさんで間違いないですか？」

やってきた兵士の集団の一人がそう聞いてきた。

「そうですけど……」

「では、こちらへ」

そう促されて、とりあえず大人しく付いていく。

すると、兵士たちが俺たち一行の周りをぐるりと囲み始める。

そして、そのまま移動。

えーと、何かな？

キョロキョロしていると兵士の一人が「みなさんを冒険者ギルドまでお送りします」と答えてくれた。

「えーと、俺たちだけで大丈夫ですけど……」

そう言ったのだが、返ってきたのは「職務なので」という言葉。

うーむ、上からのお達しなんだろうか……。

フェルもゴン爺《じい》もドラちゃんもスイも、周りを囲む兵士たちに干渉されていると感じたのか、ブツブツ文句を言っていたけど、何とか大人しくしてもらうようになだめすかした。

そして、移動している間に兵士たちにいろいろと聞いてみた。

彼らは、俺たちが降り立った場所に一番近い北門を預かる第四兵団の兵士たちとのこと。

はっきりとは言わないけど、彼らの話を総合するとこんな感じらしい。

冒険者ギルドから、俺たち一行がロンカイネンの街にやって来るという通知があり、街の治安を守る彼ら兵団もてんやわんや。

なにせ一緒にやって来るのはフェンリルに古竜《エンシエントドラゴン》なのだから。

フェンリルはまだしも（まれではあるが、冒険者のテイマーがウルフ系の魔物を連れていることもあり、実際にこの街を訪れていたこともあったという）、さすがにドラゴン連れでは、住民たちが大騒ぎすることになる。

そう考えた上役たちは、どうせ来てしまうならばとこういう形をとったらしい。

そして、所属している冒険者ギルドへと送り届けたあとは、そちらで責任を持てよということのようだ。

確かに兵士に囲まれての移動ならば、住民たちも何だろうという気持ちにはなれど大騒ぎはしないだろう。

まぁ、気持ちは分からなくもないけど、個人的にはいつものように俺が「従魔ですから！　大丈夫ですから！」と叫びながら練り歩くのとあんまり変わらない気がするけどね。

兵士たちの間から垣間見《かいまみ》えるロンカイネンの街の様子は、ヨーロッパの雰囲気を残したカレーリナや今まで訪れたことのある街々とはずいぶんと違う。

小国群との国境の街ということもあるのか、雑多な雰囲気もあってどこか東南アジアの街を思い起こさせる。

治安があまりよくないとは聞いているけど、見た感じは面白そうな街だ。

ゆっくり見物して回るのもいいかも。

もちろん安全は確保しつつね。

そうこうするうちに、ロンカイネンの冒険者ギルドに到着。

「ようこそロンカイネンの冒険者ギルドへ！　お待ちしておりましたぞ！」

俺たち一行は、居合わせた冒険者たちの視線を一手に受けながら、俺たちの到着を待ちかねていたらしい、中肉中背で白髪交じりの髭《ひげ》を蓄えたダンディな風貌のギルドマスターの歓待を受けたのだった。

◇　◇　◇　◇　◇

「では、さっそくですがお願いしたい案件がありましてな……」

早々に冒険者ギルドの2階にあるギルドマスターの部屋に連れてこられた俺たち一行。

フェルと、小さくなっているとはいえフェルと同じくらいの大きさのゴン爺がいるため、部屋の中はぎゅうぎゅう詰め状態だ。

ちなみにフェルの頭にはスイが、ゴン爺の頭の上にはドラちゃんがいる。

デカブツなフェルとゴン爺をよけつつ、俺がイスに座った途端に、ギルドマスターから早くも依頼の話が飛び出した。

うーん、この街には魔道コンロを買いに来ただけなんだけどなぁ。

まぁ、各ギルドで滞ってる案件をなるべく受けてくれってカレーリナのギルドマスターからも頼まれてるから、別にいいけどね。

ロンカイネンのダンディなギルドマスター（オーソンさんというそうだ）の話を聞いていくと……。

ここロンカイネンの街は小国群との国境も近く、貿易で成り立っている街と思われがちだが、街の近くには、エレメイ川という大河があり、その川の恵みの一大産地でもあるのだという。

特に冒険者はその恩恵を一番受けているといっても過言ではなく、この街の冒険者の多くはエレメイ川の魔物を狩って生活しているのだそうだ。

そのエレメイ川だが、大河だけに時には厄介な魔物が棲《す》み着く場合もある。

要はそれらの討伐の依頼というわけだ。

「今問題になっているのは、ケルピーにタイラントブラックアリゲーター、そしてバーサクマッドクラブです」

ケルピーっていうのはあれだろ？

水生の人食い馬。

タイラントブラックアリゲーターは名前からしてワニの魔物で、バーサクマッドクラブはカニの魔物か。

「特にバーサクマッドクラブについては、すぐにでも依頼できれば……」

オーソンさんが申し訳なさそうにこちらを見ながらそう言った。

『おい、あれは普段は大人しいものだぞ。手を出したのか？』

フェルはバーサクマッドクラブを知っていたのか、そんなことを口にした。

オーソンさんは、フェルがしゃべったことに少しビクリとしたものの、さすがギルドマスターというべきか、顔色を変えずそのまま会話を続ける。

「自分の実力も測れない大馬鹿者がいましてね……」

苦々しく思っているのか、オーソンさんの顔が歪《ゆが》む。

詳しく聞くと、道楽で冒険者登録した貴族の四男坊がBランク冒険者を侍《はべ》らせて、バーサクマッドクラブに手を出したらしいのだ。

バーサクマッドクラブはCランクの魔物で、普段は川底の泥の中にいて大人しいものなのだが、攻撃すると激怒して暴れ回るのだという。

その状態になると、個体によってはAランクの魔物にも匹敵する強さなのだそうだ。

そして、その激怒状態は長いと1か月以上も続くらしく……。

「今日で20日目なのですが、まだまだ収まる気配がないのです」

そのことがあって、冒険者たちの活動にも支障が出ていて、「早いところ討伐を」とギルドもせっつかれているようだ。

また悪いことに、件《くだん》のバーサクマッドクラブはかなり大きな個体で確実にAランク以上の強さがあるという。

「Aランクの冒険者パーティーに依頼を出そうにも、間が悪いことに皆、出払っているところで……」

そんな切羽詰まったところに、俺たち一行がこの街に来たというわけか。

そりゃあ、お鉢が回ってくるわけだ。

「で、どうする？」

フェルたちに念話で聞いてみる。

『まぁ、いいだろう。あれは美味《うま》いからな』

『そうなのか？　美味いなら問題ないのう』

『俺もー』

『スイもいいよー』

美味いと聞けば、食いしん坊なほかの面々も問題ないらしい。

「分かりました。バーサクマッドクラブの討伐依頼お受けします」

俺がそう言うと、オーソンさんはホッとした表情を浮かべた。

しかし、思い出したかのように「ケルピーとタイラントブラックアリゲーターの方はどうでしょう？」と聞いてくる。

そういや、そっちもあるんだな。

ケルピーは、Bランクの魔物でここにいる冒険者にも対応できるパーティーがいないわけではないらしいのだが、取れる素材が皮くらいしかなく、苦労の割には実入りが少ないということで、誰もやりたがらないらしい。

しかしながら、神出鬼没のケルピーの犠牲者も少なからず出ているため、こちらも放置できない案件となっているそうだ。

タイラントブラックアリゲーターは、Sに近いAランクの魔物で凶暴ではあるが、巨体のため姿を確認しやすいことと、無闇に近づかず距離を置いてさえいれば逃げることも可能ということもあって犠牲者はそれほど出ていない。

そのため、バーサクマッドクラブやケルピーほど緊急性はないものの、Sに近いAランクの魔物ということで、依頼するにしてもそれなりの高ランクパーティーでなくてはならず、延び延びになっていた案件なんだそうだ。

要は、俺たちを逃すと討伐がさらに延び延びになる恐れもあり、できれば討伐をお願いしたいということだった。

「ケルピーとタイラントブラックアリゲーターはどうする？」

『水生の馬か。あれはとてつもなく不味《まず》いんじゃがのう……』

渋い顔をしたゴン爺がそう声に出してしゃべるが、フェルで耐性がついていたのか、オーソンさんは今回はビクリともしなかった。

『うむ、確かにあの馬は食えたものではないな。だが、黒ワニは皮は固いが身はなかなかの味だぞ』

フェルがゴン爺にそう答える。

『確かに。あの黒ワニはまぁまぁの味じゃったな』

ゴン爺はそう言って目を瞑《つぶ》りながら黒ワニことタイラントブラックアリゲーターの味を思い出しているようだ。

というか、フェルもゴン爺もケルピーとタイラントブラックアリゲーター食ったんだな……。

君ら本当に何でも食ってるよね。

さすがご長寿勢。

『へ～、フェルもゴン爺もそういうんなら、まぁまぁ美味い肉なんだろうな。興味が湧くな』

『スイも食べてみたいなぁ～』

まぁ、そうなるよねー。

『仕方ない、黒ワニのついでに水生の馬も狩ってやろう』

『異議なしじゃ』

『俺もそれでいいぜ』

『スイもいいよ～』

フェルとゴン爺は声に出してしゃべっていたため、それを聞いていたオーソンさんもホッと息をついて笑みを浮かべていた。

その後、この街での拠点としていつものように商人ギルドへ行こうと思い、オーソンさんに場所を聞くと、5軒隣ですぐ近くなので付いてきてくれることに。

「私がいた方が、対応も早いでしょうから」

オーソンさんが言うには、貿易の街とも言えるロンカイネンの商人ギルドは年中混み合っているそうで、下手をすると何時間も待つことになりかねないとのこと。

そういうことなら、確かに冒険者ギルドのギルドマスターであるオーソンさんが一緒ならば、すぐさま対応してくれるだろう。

依頼を受けるんだし、これくらいの恩恵はいいよね。

まぁ、実際の戦闘はフェルたち任せなんだけども。

そんなことを考えながら、俺たち一行はオーソンさんと共に商人ギルドへと向かったのだった。

◇◇◇◇◇

ロンカイネンの商人ギルドは、聞いていた通りもの凄《すご》い混み様だったけど、冒険者ギルドのギルドマスターであるオーソンさんが一緒だったおかげで手続きもスムーズに進んだ。

フェル、ゴン爺、ドラちゃん、スイのうちの従魔ズが一緒だったことで、それを見た人たちが、逃げるように瞬く間に引いていったってこともあるけどね。

とにかくだ、家を借りるという目的はつつがなく達成した。

オーソンさんがいたこともあって、商人ギルドの担当者もかなりがんばってくれたのか、なかなかの良い家が借りられた。

話によると豪商が建てた家らしく、17ＬＤＫのデッカイお屋敷だ。

立地も、治安の良い地区に建っているうえに冒険者ギルドにもほどよく近い最高の場所。

ただし、庭だけは、フェルたちにとっては少々狭いということでぎりぎり及第点のようだ。

とは言っても、紹介できる家で一番庭が広いのがこの家だというのだから、どうしようもないんだけどね。

今まで他の街で借りてきた家と比べると、確かに少し狭いかもしれないけど、サッカーコートが丸々入るくらいの大きさはあるのだから、俺からしてみたら十分に広いと思うんだけど。

これだけの家なので、当然のこと家賃もそれなりにお高かった。

1週間で金貨117枚。

受けた依頼のこともあるし、魔道コンロの購入という何よりも重要なミッションがあるため、けっこうな金額だけどとりあえず1週間の予定で借りることに。

担当者の人が「すぐに借りていただけるなら」と115枚まで負けてくれたので、支払おうとしたらオーソンさんが代金は冒険者ギルドで持つと言い出した。

すったもんだの末に冒険者ギルド持ちになったものの、オーソンさんが金貨110枚まで値切ってたよ。

そこまでするなら、こっちで払うのに。

というか、冒険者ギルド持ちってことになると、さらに高ランクの依頼を回されそうで嫌なんだけどね。

先に受けた3件はしょうがないけど、魔道コンロの方が優先だから。

まぁ、そんな感じでロンカイネンでの家も決まり、初日は過ぎていった。

◇◇◇◇◇

「なぁ～、本当に行くのか？　昨日この街に着いたばっかりだし、今日くらい休みにしたっていいんじゃないのー」

朝飯に作り置きしていたダンジョン豚の生姜焼《しょうがや》き丼《どん》をたらふく食って、食後にサイダーまで堪能したフェル、ゴン爺、ドラちゃん、スイは、早速とばかりに冒険者ギルドで受けた依頼に行くと言い出した。

『休みなどいらん。暇なだけだ。それよりも久しぶりにあれを食いたいからな』

『うむ。美味いと聞いたからのう。バーサクマッドクラブとか言ったか。儂もまだ食べたことのない魔物じゃし、早く味わってみたいのう』

『そうそう。美味いと聞けば早く食いたくなるってもんよ』

『スイも早く食べた～い』

ハァ、結局それなのね。

食欲が何よりも優先ってことかよ。

そういうところは、らしいっちゃらしいけどさぁ。

バーサクマッドクラブについて、あーだこーだとわいわい話すみんなを見て俺としてはガックリ。

今日くらいはのんびり過ごせると思ったのになぁ。

あーあ、みんな行く気満々だし、こりゃあ行くしかないわ。

『おい、早くしろ』

「はいはい、今用意するよ。ああ、行くって言っても、冒険者ギルドに寄ってからな」

『何故《なぜ》？』

「何故って、バーサクマッドクラブがどこら辺にいるかわからないだろ」

『そんなものは行けば気配で分かる』

『うむ、そうだぞ主殿』

はいはい、そうですか。

うちのご長寿たちはチートでしたね。

『早く食ってみたいな！』

『楽しみだね～』

ドラちゃんとスイは呑気《のんき》にそんなことを言ってるし。

『まだか？』

『主殿、早く行こうではないか』

も～、そんな急《せ》かさないでよ。

「分かってるって。すぐ用意するよ」

こうして俺たち一行は、朝飯を食って早々にバーサクマッドクラブが生息する大河エレメイ川へと向かった。

『いたぞ。あれだ』

聞こえてきたフェルの念話に、しがみついていたフェルの背中からゆっくりと体を起こして前方を見た。

一面に広がる水面《みなも》。

「これが、エレメイ川……」

川と聞いていたから、川なんだろうなとは思うものの、対岸がまるで見えないそこはドデカい湖か海だと言われても素直に納得してしまいそうなくらいの大河だった。

その大きさに圧倒されていると、フェルの念話が。

『おい、何を呆《ほう》けている。川などどうでもいい。獲物はあっちだ』

フェルが鼻先を向ける方向に目をやると……。

ん？

ずっと目を瞑ってたから、目がちょっとおかしいのかも。

目を擦《こす》ってからもう一度前方を見た。

…………。

遠近感、おかしくね？

4トントラックくらいの大きさはありそうなガザミに似たカニが水辺をうろついていた。

そのとんでもなくデカいカニは、鋏《はさみ》を閉じて開いてガチガチと音を鳴らしながら周囲を威嚇している。

「何あれ。デカ過ぎないか？」

4トントラックサイズのカニって、魔物だからと片付けるにしては大き過ぎるだろ。

『うむ、前に食ったものよりもデカいな。食いでがありそうだ』

『あれだけの大きさなら儂らも腹いっぱい食えそうだのう』

『ああ。でも、あの硬そうな殻は食えなそうだぞ』

『硬くても美味《おい》しいならスイ食べちゃうよー』

『あの殻か。食えなくはないが、あれ自体は美味いものでもなかったな。あの殻の中の身が美味いのだ』

おいおい、フェル、殻まで食ったのかよ……。

そういや、俺と出会うまではみんな生でそのまま食ってたんだもんね。

そりゃそうか。

「って、カニの殻は普通食わないからね。中の身だけを食うんだぞ」

『む。なら、お主に任せるから、美味い料理を食わせろ』

「分かってるよ」

『フハハ、楽しみじゃのう』

『ああ。さっさと狩って食おうぜ！』

『スイがビュッてやって倒してくるー！』

「ちょっ、スイ!?」

スイが一足先にとばかりにスス－ッとバーサクマッドクラブへと向かって行ってしまった。

「みんなっ！」

『分かってるって。スイ、一人だけで行こうなんてズリーぞ！』

そう言いながら急ぎスイの後を追って飛んでいくドラちゃん。

『おー、スイもドラも元気じゃのう』

『ハァ、まったく彼奴《あやつ》らときたら……』

「ちょっと、フェルもゴン爺もそんな落ち着いてないで、スイを助けに行ってよ！」

フェルから飛び降りて、フェルとゴン爺の体を押す。

『スイが強いのはお主も知っているだろうが』

『そうだぞ、主殿。スイは強い』

「そりゃあ分かってるけど、スイはまだ子供なんだよ！　早く！」

そう言いながらグイグイとフェルとゴン爺の体を押した。

『分かった分かった』

『まったく主殿は心配性じゃのう』

ようやくスイとドラちゃんの下へ向かったフェルとゴン爺。

遠巻きにみんなの様子を見ていると、声が聞こえてくる。

『そんな攻撃、スイには通じないよー』

バーサクマッドクラブがガチン、ガチンと鋏を振り回して足元にいるスイを挟み込もうとしている姿が、こちらからも見えた。

『ヘッ、俺にだってそんなのろまな攻撃は通用しないぜ！』

今度は頭上を飛び回るドラちゃんを挟もうとしているバーサクマッドクラブの姿が。

『いっくよー！』

バーサクマッドクラブがドラちゃんに気を取られているうちに、スイが攻撃しようと触手を伸ばした。

『あっ、スイ、抜け駆けだぞ！』

『待て、スイ！　酸の攻撃はやめておけ！　其奴《そやつ》は身を食うのだから、溶かしてしまってはもったいないぞ！　倒すならあまり傷をつけない方法でだ！』

『んー、それじゃあお水の魔法だよー！　えいっ！』

ヒュンッ――――。

バーサクマッドクラブがドスンッと音を立てて仰向《あおむ》けに倒れる。

『わーい、やったー！』

仰向けになって息絶えたバーサクマッドクラブの前で嬉《うれ》しそうにポンポン飛び跳ねているスイが

見えた。

「え？　何やったのスイちゃん……」

さっぱり見えなかったんだけど。

とりあえず、凶暴そうなバーサクマッドクラブの脅威がなくなったので、俺もみんなと合流した。

『ふむ。穴が開いているが、小さいな。まぁまぁの狩りだ。スイ、よくやった』

バーサクマッドクラブを検分しながらフェルがそんなことを言っている。

『わーい！　フェルおじちゃんに褒められちゃった～』

スイがひと際高くポーンと飛び跳ねて喜んでいる。

『スイもなかなかやりおるのう』

『えへへ、ゴン爺ちゃんにも褒められちゃった～』

嬉しさを爆発させたスイがバインバインと高く飛び跳ねていた。

そんな中、不貞腐《ふてくさ》れているのがドラちゃん。

『ったくよー、一人で倒しちまいやがって、スイはズルいんだよ』

『スイのが早かったんだから、ズルくないもーん』

『次の獲物は俺が狩るからな！』

『えー、次もスイが狩るよー！』

『絶対に俺だ！』

『スイだもん！』

顔を寄せ合うようにそう言い合うドラちゃんとスイを引き離す。

「はいはい、ケンカしないの」

そう言いながら、息絶えたバーサクマッドクラブに目を向ける。

「それにしてもデカいなぁ～」

4トントラックサイズのカニをしげしげと見やる。

「スイ、これどうやって倒したんだ？」

『うんとねー、フェルおじちゃんが溶かしちゃダメって言うから、お水の魔法で倒したの～』

「お水の魔法？」

『うんっ。お水をねビューッてカニさんに当てたの！』

お水をビューーッか。

超高圧水鉄砲ってところか？

しかし……。

コンコンッとバーサクマッドクラブの殻を叩《たた》く。

「金属並みに硬そうなこの殻を貫通する水鉄砲って、どんだけの威力なんだよ……」

喜ぶスイを他所《よそ》に、周りの影響でどんどん戦闘特化になっていくスイがちょっぴり心配になってくる俺だった。

◇　◇　◇　◇　◇

『よし、食うぞ』

『うむ。主殿、頼むぞ』

『スイが倒したってのは気に入らねぇけど、俺も食うぞ』

『スイが倒したカニさん、食べるー！』

バーサクマッドクラブを早く味わいたいみんながそんなことを言い始める。

「いやいやいや、何言ってるのさ。ここで食えるわけないだろ。討伐した証拠に持っていかないといけないし」

俺がそう言うと、ドラちゃんが『全部とは言わないから、ちょっとくらいならいいんじゃねぇか』などと言い、その言葉に他のみんなも『そうだそうだ』と言い始める。

でもねぇ……。

「料理するったって、魔道コンロが壊れてるんだからどうにもならないよ」

このバーサクマッドクラブを鑑定してみたら、〝茹《ゆ》でると絶品〟ってあったんだよな。

このまま丸のまま茹でた方が美味いに決まってるけど、そもそも4トントラックの大きさのカニをどうやって茹でるんだって話だよね。

そうなると切り分けて茹でることになるけど、それにしたって今の手持ちのカセットコンロじゃあどうにも心もとない。

「そういうことだから、まずは冒険者ギルドに持っていって確認してもらってからだよ。味わうのはその後のお楽しみ」

『むぅ』

『残念だのう』

『チェッ』

『ぶー』

「まぁまぁ、みんなそう腐るなって。冒険者ギルドにだって確認のために見せるだけで、すぐに返してもらうからさ」

俺がそう言うと、みんな渋々承諾した。

息絶えたバーサクマッドクラブをアイテムボックスにしまい、さて冒険者ギルドに戻ろうかというところでドラちゃんが待ったをかけた。

『まだまだ時間はあるんだろう？　だったら次行こうぜ』

『ふむ。さっきの獲物もすぐに食えるわけではなさそうじゃし、儂としては狩りを続けるのもアリじゃのう』

『確かにな。せっかく来たのだし、水生の馬と黒ワニも狩っていくか。ついでに美味そうな魔物がいればそれもな』

『ヤッター！　スイがまた倒すんだー』

『おい！　次は俺だからな！　スイは手出すなよ！』

「ちょちょちょ、みんな次の依頼もこなす気満々なんだけど、別に今日全部こなさなくてもいいんだからね！　とりあえずバーサクマッドクラブの依頼は達成したんだから一回帰ろうよ、な」

そう説得するも、みんなは納得しない。

それどころか、フェルが『帰っても暇なだけだ』と言うと、他のみんなも『そうだそうだ』と同意する始末だ。

「えーっと、そ、そうだ、カニ、カニを食うんだろ？」

『うむ。主殿、もちろんカニは食うが夕飯でいいじゃろう』

そう言うゴン爺の言葉にみんなも頷《うなず》いている。

すっかり狩りモードのスイッチが入ってしまっているみんな。

そんなみんなを止める術《すべ》は俺にはなかった。

「ハァ〜、分かりました。それじゃあ、まずはケルピーの討伐依頼やるか。でも、神出鬼没だって言ってたぞ。水中の魔物の居場所も察知できるのか？」

『むぅ、そう言われるとな……。できなくはないが、水中となると精度は落ちる』

気配察知の達人とも言えるフェルでも、さすがに水中、しかもこの大河となると難しいようだ。

『儂も同じようなものじゃ。近づけばさすがに分かるがのう』

ゴン爺の言葉にフェルも『うむ』と頷いている。

近くまで行かないと察知できないとなると、かなり面倒だな。

対岸が見えないほどの広い川幅があるこのエレメイ川だと、川の真ん中にいた場合はフェルとゴン爺の気配察知に引っかからない場合もありそうだぞ。

そうなると、このケルピー討伐の依頼は腰を据えて挑まないといけないかもなぁ。

そんなことを考えていると……。

『なんだ、そんなことか。そんなら川の中を進んでいけばいいじゃねぇか』

さも簡単だという風にドラちゃんがそう言った。

「いやいや、ドラちゃん。川の中をって、何言ってんだよ。ドラちゃんやゴン爺なら、川の上を飛んでっていうならありかもしれないけどさ。そうすると2人でケルピーを捜して回ってもらうことになるんだぞ。それとも、魔物がわんさかいる川の中をびちょ濡《ぬ》れになって進めっていうのか？」

『そうだぞ！　そんなことは絶対にやらんからな！』

水嫌いのフェルからも抗議の声があがる。

『儂は飛んで捜してやってもいいけどのう。ただ、あまり水面に近づくと水しぶきが上がるし、魔物に逃げられるんじゃがな』

ゴン爺としては飛んで捜しても構わないようだけど、魔物に逃げられちゃあ意味ないでしょう。

『何言ってんだよ、びちょ濡れになんてなるわけないだろ。スイだよ、スイ！　ほら、前に海に行ったときにも……』

『「あ」』

俺とフェルの声が重なった。

そうだった！

海の街、ベルレアンに行ったときには、スイが大きくなってみんなを乗せて沖合まで進んでいったんだった。

「そうだよ！　ドラちゃんの言うとおり、スイがいた！」

『うむ！　スイがいたな！』

みんなの注目を一身に浴びるスイ。

注目されたのが嬉しいのか、当のスイは『スイがどうしたの～？』とポンポン飛び跳ねている。

最近仲間になったばかりのゴン爺だけは訳が分からないという様子だ。

『む。儂にはさっぱり意味がわからんが、スイがどうしたというのじゃ？』

「いやね……」

かくかくしかじかとベルレアンでのことをゴン爺に説明していく。

『ほうほう、なるほどのう。ということは、スイがおれば水中の魔物も難なく仕留めることができるということか』

「そういうこと」

『っつうことで、スイ、大きくなって俺たちを乗せて川を進むんだ！』

『そっかー！　思い出したー！　しょっぱいお水のときみたいに、スイが大きくなってお水の中を進めばいいんだね！』

ドラちゃんの言葉で、スイも何をすればいいのか分かったみたいだ。

そして……。

『いっくよー！　んん〜』

スイがどんどんと大きくなっていく。

『あーるーじー、スイ、大きくなったよ〜』

「じゃあ、みんなで乗るからな」

『うーん』

こうして、大きくなったスイにみんなで乗り込み、エレメイ川を探索することとなった。

◇◇◇◇◇

『あ、お魚ぁー。えいっ』
ドスッ――――。

スイの体から伸びた触手が大魚を貫いた。

『あるじー、またお魚獲《と》ったよー』

「はいよ。よいしょっと、これも重いなぁ」

スイの触手に貫かれて息絶えた1メートル30センチくらいはありそうな大魚を受け取って、アイテムボックスへとしまう。

ゴツゴツの鎧っぽい皮で、ヒゲがあるからナマズっぽい感じもする〝エレメイメガロドラス〟という魚だ。

エレメイ川ではポピュラーな魚で（一応は魔物らしいが）、鑑定では〝白身で淡泊な味わい〟とあったから、ソテーやフライにして後でみんなで食おうと思っている。

エレメイ川を進みながら、こうしてスイが見つけた魚をちょこちょこ獲っているおかげで、エレメイメガロドラスは既に30匹くらいアイテムボックスに入っているし、他にも〝エレメイサラトガ〟というアロワナに似た魚（こちらもエレメイ川ではポピュラーな魚らしく、干物にすると美味いらしい）も20匹はアイテムボックスに入っている。

結局何が言いたいかというと……。

「ケルピー、いないいなぁ」

『いないねぇ～』

『だなぁ。フェル、どうなんだ？』

『どこにいるのか我の気配察知にも引っかからん。ゴン爺はどうだ？』
『儂の気配察知にも引っかからんのう』
「もう少し進んでみるか」
『うむ。何にしろ見つかるまで移動するしかないからな』
ゆるやかな川の流れに沿って、みんなを乗せたスイが下流へと進んでいった。
下流へ進みしばらくすると……。
『む』
「フェル、どうした？」
『いるぞ』
『ああ。いるのう』
フェルとゴン爺の気配察知に引っかかったようだ。
『左岸寄りにいるようだな。スイ、もう少し左に寄れ』
『わかったー』
フェルの指示によってスイが左岸寄りに進んでいく。
「ん？　あそこの岸にいるの、冒険者か？」
5人組の男女が縄をつけた銛《もり》のようなもので獲物を狙っている姿が見えた。
『どうやら彼奴らを狙っておるようだのう』

ゴン爺がサラッとそう言った。

「狙ってるって、ケルピーが？」

『うむ』

「ちょっ、それ早く言えよ！」

俺は焦りながら川岸にいる5人組の冒険者に向かって大声で叫んだ。

「そこの5人組ー、逃げろーっ！　ケルピーが狙ってるぞー！」

俺の叫び声を聞いて、何事だと5人組がこちらを見た瞬間――。

ザブンッと水飛沫《みずしぶき》をあげながら5人組の前に姿を現したケルピー。

「ヒヒーン！」

ケルピーが獲物を前に雄叫《おたけ》びをあげる。

5人組のうち4人は無事に川岸を離れることができたものの、残り1人、女性冒険者が恐怖から尻もちをついて取り残されてしまっていた。

女性冒険者に近づいていくケルピー。

「ヤバい！　何とかしないと！」

焦る俺の陰から弾丸のように飛び出していく小さな影。

『俺の出番だ！』

『あー、ずるい～』

「ドラちゃん！」

『お前なんて魔法一発で十分だ！』

ドシュッ――――。

ドラちゃんの氷魔法の、先の尖《とが》ったぶっとい氷の柱が、ケルピーの背中から腹までを貫いた。

「ヒヒィィィィンッ……」

絶叫に近いいななきをあげた後、ケルピーが息絶える。

『よっしゃ！』

そう言ってアクロバット飛行をするドラちゃん。

『まぁ、ドラなら当然だろう』

『だのう』

フェルもゴン爺もドラちゃんならケルピーごとき一撃で倒して当然だというように見ている。

『むぅ、スイが倒したかったのにー』

『スイはさっきカニを倒しただろうが。これでおあいこだ！』

みんなが盛り上がっているところ悪いけどと思いながら、そろりと川岸の冒険者を見やる。

一連を見ていた５人組は、口をあんぐりと開けて呆然《ぼうぜん》としていた。

あちゃー、固まっちゃってるわ。

説明するのも面倒だし、このままケルピーを回収して撤収しちゃお。

アイテムボックスへとケルピーを回収すると、その場をそそくさと離れる俺たち一行であった。

◇　◇　◇　◇　◇

『よっしゃ！　この勢いで最後の黒ワニも倒すぞ！』

勢いづくドラちゃんに待ったをかける俺。

「いやいや、次ってもういいじゃない。緊急性があったバーサクマッドクラブは倒したし、犠牲者が出ていたケルピーも倒したんだからさ」

オーソンさんが、タイラントブラックアリゲーターはＳに近いＡランクの魔物で凶暴だけど、巨体だから姿を確認しやすくて無闇に近づきさえしなければ大丈夫って言ってたんだし。

そんな急いで今日のうちに全部の依頼をこなさなくってもいいでしょうよ。

『お主は何を言うか。ドラの言うとおり、黒ワニも狩るぞ。何せ、黒ワニが近くにいるからな』

『フェルの言うとおりじゃ。この先にいるのう。水の中の魔物なのだ、見つけたときに狩るのが一番効率がいいと思うぞい、主殿』

ぐぬぬ、それを言われると……。

フェルもゴン爺も水中となると、気配察知の精度が落ちるって話だからな。

そういうこともあって、水中の魔物を察知するには近づかないといけないみたいだし。

今回を逃したら、またこの大きなエレメイ川を一から捜さなきゃいけなくなるってことだよなぁ。

それも面倒な話だし、うーむ……。

「しょうがない、狩り続行だ」

『そうこなくっちゃ！』

『わーい、次はスイがやっつけるー！』

『いや、次は我がやろう。黒ワニは、深い川底にいる。ドラやスイの攻撃では届かないだろう』

『『エェーッ』』

次もと張り切っていたドラちゃんも、次はと張り切っていたスイも、フェルの言葉に不満そうだ。

『ドラもスイもそう言うな。ここは本当に深いんじゃぞ？　具体的に言うとな、儂が元の大きさに戻ってすっぽり入っても余りあるくらいにのう』

ゴン爺の言葉にギョッとする。

「え、この川ってそんなに深かったの!?」

『そうじゃ。主殿は落ちないよう気を付けることだのう』

ゴン爺にそう言われて、恐る恐る川を覗《のぞ》き込んでゴクリと唾を飲み込んだ。

泳げなくはないけど、獰猛《どうもう》な水棲《すいせい》の魔物がウヨウヨいるこの川に落ちたら一巻の終わりかも……。

『ドラもスイもゴン爺の話を聞いただろう。だからこそ我がと言っているのだ』

『チェッ。そこまで深いと確かにフェルの言うとおりだぜ。あ～あ、次もって思ってたんだけどなぁ』

そこまで深いとさすがに諦めざるを得ないのか、ドラちゃんは残念がる。

『むー、スイの攻撃も届かないー』

スイは実際に触手を伸ばしてみたのか、底に届かないことにガッカリしている。

「まぁまぁ、ドラちゃんもスイも1匹ずつ倒したんだからいいでしょ」

『確かにな。ま、次のはしゃーないか』

『スイもカニさん倒したから我慢するー』

「ハハ、帰ったらカニ食おうな。きっと美味いぞー」

『だな！』

『うんっ！』

『っつーことで、とっとと倒してくれよー、フェル』

『まったく、調子の良いことだ。スイ、このまま進め。もう少し進んだ先に黒ワニがいる』

『分かったー！』

フェルの指示で、スイがエレメイ川をすいすいと進んでいった。

◇　◇　◇　◇　◇

『止まれ、スイ』

『ハーイ』

フェルの『止まれ』という言葉にピタリと止まったスイ。

「ここに、いるのか?」

『いるのう。この真下あたりじゃ』

そう言うゴン爺の言葉に、思わず真下を覗いた。

スイの透明な体を通しても水底はまったく見えず、所々に見える魚影の先は真っ暗な闇が広がっていた。

『で、黒ワニって実際どれくらいデカいんだ?』

気になったのか、ドラちゃんがそう聞く。

『先ほどのカニよりも一回り大きいくらいだな』

『おお~、そんなにかよ。くーっ、川底じゃなけりゃあ俺の出番だってのによう』

フェルの答えに残念がるドラちゃん。

って、あの4トントラックサイズのカニより一回りデカいワニかよ……。

改めて異世界怖いわ。

「それでフェル、どうやって仕留めるつもりなんだ?」

『雷魔法で仕留める』

「え？　それってまさか……」

『うむ。特大の雷を川に落とす』

は？

「もしかして、川底にいるタイラントブラックアリゲーターの息の根を止めるほどの威力があるやつをか？」

『そうだ』

……………。

「いやいやいや、『そうだ』じゃないからね！　そんなの絶対に落としたらダメなやつだろ！」

『何故だ？』

「何故だじゃないよ！　川底にいるタイラントブラックアリゲーターが死ぬほどの威力があったら、川に浮かんでるスイにもその上にいる俺たちにも影響あるだろうが！　それだけじゃないぞ！　他にも問題大アリだからな！」

『それは結界を張れば問題ない』

『うむ。儂もそう思うのう。その結界は儂が責任を持って張ろう』

何が問題だという風なフェルとゴン爺。

だけど、フェルもゴン爺もまったく分かっちゃいない。

「確かに俺たちについてはそれでいいかもしれないよ。だけど、他にも問題大アリだって言ってるじゃないか！」

『主殿、他に何の問題があるんじゃ？』

『そうだ。どこに問題があるというのだ』

まったくもう。

フェルもゴン爺も強者の視点でしかものを見てないんだから～。

「いいか、川底にいるタイラントブラックアリゲーターの息の根を止めるほどの威力の雷魔法を落としたら、周りの魔物はどうなる？」

『そりゃあ当然死ぬだろう』

フェルの答えに『だろうのう』とゴン爺も頷いている。

ハァ、分かってるじゃん。

それが大問題だってんだよ。

「フェルの雷魔法、どれくらいの範囲に及ぶかはわからないけどさ、フェルの魔法なんだから、広範囲に影響があるのは間違いなさそうだよな」

『そりゃあまぁ、そうなるだろうな』

ちょっとフェル、何得意げな顔してるの？

褒めてるわけじゃないからな。

「ということはだ、その広範囲にいる魔物を根こそぎ死なせるってことになるわけだ。そうなると、どうなると思う？」

『どうなるって、雑魚がいくら死のうと構わんだろう。もちろん、美味そうなのは確保するが』

『儂もそう思うんじゃがのう。主殿、何が問題なのじゃ？』

「まったくもう、それが大問題なんだっての！　いいか……」

まったくもって意味を理解していないフェルとゴン爺にこんこんと説明した。

フェルの雷魔法で、タイラントブラックアリゲーターだけじゃなく広範囲にわたって根こそぎ魔物が死ぬことになる。

そうなるとだ、ここロンカイネンの冒険者たちが困ることになる。

なにせ、この街の冒険者の多くはエレメイ川の魔物を狩って生活しているのだから。

特に冒険者は、その日暮らしをしている者も多いみたいだから、獲物が狩れないっていうのは死活問題。

それでもある程度ランクがあれば他の街へ行く手立てや、川を離れて獲物を狩りに行くこともできるだろう。

でも、低ランク冒険者となると、それもなかなか難しいかもしれない。

「フェルがやろうとしたことはな、最悪、生活に困窮する冒険者を大量に生み出しかねないことなんだ。しかも、そうなったら、生活苦になった冒険者たちからは親の仇《かたき》のように恨まれるぞ～」

『『むむぅ』』

唸《うな》るフェルとゴン爺。

「そういう噂《うわさ》ってのは伝わるのが早いからな。どの街の冒険者ギルドにも行きにくくなる。そうするとだ、お前たちの大好物の肉の供給にも影響が出てくる」

『な、何故じゃ？』

「何故って、ゴン爺、簡単なことだよ。俺も、小物ならなんとか解体できるようになったけど、大物は一人じゃとても無理だ。冒険者ギルドに頼むしかないんだよ。今回狩るタイラントブラックアリゲーターなんて、その最たるものだろ」

………。

『おいフェル、特大の雷魔法は止《や》めておけ。肉が食えなくなったら、恨むぞ』

『お肉食べられなくなっちゃうのー？　いやだよ～、スイ、お肉、もっといっぱい食べたい！』

いつの間にか一緒に俺の説明に聞き入っていたドラちゃんとスイから念話が。

『フェル、特大の雷魔法は中止じゃ。主殿の説明で当然分かっていると思うがのう』

がっしとフェルの肩を前脚で摑《つか》むゴン爺。

おいおい、ゴン爺の爪が食い込んでるよ。

『分かっておるわっ』

そう言って憮然《ぶぜん》とした表情で、ゴン爺の前脚を振り落とすフェル。

『殺さぬ程度の威力にしておく。ゴン爺、結界を張れ。行くぞっ』

ドッゴーンッ、バリバリィィイッ――――。

ゆるやかに流れる水面に稲妻が落ちる。

「い、いきなりかよ！」

広い川を埋め尽くすがごとくにプッカリ浮いた魚。

そして……。

「う、うおっ」

最後に浮かんできた巨大なワニ。

無防備に白い腹をさらしている。

「こ、これはまたデカいな……」

『お主が言うから威力を弱くした。すぐに止《とど》めを刺さねば復活するぞ』

「え？　え？　マジかよ!?」

フェルの言葉にあわあわする俺。

『ドラかスイにやらせると、また揉《も》めるじゃろう。ここは、主殿が仕留めたほうがいいだろうのう』

「え？　俺？　フェルかゴン爺じゃ？」

『お主が言い出しっぺなのだ、最後は責任を持て』

「言い出しっぺって、当然のことを言っただけなのにー！」

『ほれ、早くしろ』

「もーーー！！！」

俺はアイテムボックスから魔剣グラムをひっつかみ、スイから落ちないようへっぴり腰になりながら、仰向けにひっくり返ったタイラントブラックアリゲーターの顎から脳天までを貫いた。

「うぉぉぉぉぉっ」

念には念を入れて魔剣をグリグリと動かす。

飛沫を上げてビクンビクンとした後、巨大ワニ、タイラントブラックアリゲーターから力が抜けた。

「ハァ、ハァ、やったか……」

『ただ最後の止めを刺すだけだというのに、何をやっておるのだお主は』

そう言いながらフェルは呆《あき》れ顔《がお》だ。

「そんなこと言ったってしょうがないだろう。あんなデカいワニ、いきなり仕留めろって言われてさ。しかも、すぐに復活するーなんて言われたらビビるって」

『そんなのこの場にいる者の中ではお主だけだ』

ぐぬぬ、血の気の多いお前らと一緒にするなっての。

そんなことよりも、タイラントブラックアリゲーターをアイテムボックスに収納だ。

ぶっとい前足を引き寄せて、みんなに手伝ってもらって何とかアイテムボックスに押し込んだ。

「ふぃ〜。それでだ、これ、死んでないんだよな？」

水面を埋め尽くす魚を見ながらフェルに聞くと『もちろんだ』という答えが返ってくる。

『ねぇねぇあるじー、このお魚、全部獲っていいのー？』

『見た目不味そうなのもいるし、美味いのだけ獲ってこうぜ』

「全部はダメだけど、ドラちゃんの言うとおり、美味そうなのは獲っていくか」

その後は、俺の鑑定を頼りに、美味そうな魚を選んでみんなでせっせと獲っていった。

おかげでしばらくは魚に困らないだろう。

まぁ、全部淡水魚だけどね。

「は？　も、もう一度言ってもらえますか？」

オーソンさんからの依頼を終えた俺たち一行は、冒険者ギルドに来ていた。

窓口で、オーソンさんを呼んでもらって依頼を終えた旨を報告したのだが、聞いた途端にポカンと口を開けて唖然《あぜん》としてしまった。

そして、この発言だ。

「だからですね、バーサクマッドクラブにケルピー、それからタイラントブラックアリゲーターの討伐が完了しました」

「三つとも、ですか？」

「はい」

「本当に？」

「ええ」

余程信じがたいのか、念を入れて確認してくるオーソンさん。

「現物を確認してもらった方が早いですし、買い取りもお願いしたいのですが……」

そう言うと、ハッとしたオーソンさんに「そ、そうですね」と、俺たちにとっては冒険者ギルドではお馴染《なじ》みの倉庫へと案内される。

そして……。

「それじゃあまずは、バーサクマッドクラブを」

そう言って、倉庫の空いている場所にバーサクマッドクラブをアイテムボックスから出してドドンと置いた。

「………」

無言のまま見上げるオーソンさん。

「あの、これはみんなで食う予定なので、このまま持ち帰ります」

「は？　食う!?」

食う予定だと聞いて、オーソンさんが目を剝《む》いた。

ここら辺の人たちは食わないのかな？

「茹《ゆ》でると美味《うま》いらしいんですよ」

「いやいや、ちょっと待ってくれ。茹でるって、バーサクマッドクラブの殻は鎧《よろい》にしても良し盾にしても良しの一級の素材なのだぞ！」

オーソンさんの話では、バーサクマッドクラブの殻は何やら職人が手を加えればさらに硬くなって、鎧や盾にすれば相当の値打ちものになるそうだ。

素材が殻だけに大方の金属よりも軽いうえに、革よりも硬くそれこそ魔鉄に匹敵するほどの硬さを誇るバーサクマッドクラブの鎧や盾は、高ランク冒険者がこぞって買い求めるような代物らしい。

そんなわけで、是非とも買い取らせてほしいとオーソンさんから熱心に説得されたけれど……。

「うちの場合は、何よりも〝美味い〟が優先されるので」

『そうだ。こいつは食うぞ。殻などどうでもいい』

『うむ。美味いと聞いて、食うのを楽しみにしていたからのう』

『そうだぞ。それを横からかっさらうのは許さないからな！』

『カニさん食べるのーー！』

食いしん坊カルテットからの圧力にタジタジだ。

「そういうことなので。確認だけお願いします。このバーサクマッドクラブはご依頼のもので間違いないですか？」

「は、はい。この大きさ、依頼した個体で間違いないです」

「それでは、確認していただけたので回収させていただきます」

バーサクマッドクラブをアイテムボックスへと回収すると、オーソンさんから「ああ～」と未練タラタラの声が上がった。

まったく、そんな声出さないでくださいよ。

これは、俺たちの中では食うことが決定済なんですってば。

これぱっかりは覆りませんよ。

「次はケルピーです」

水棲《すいせい》の馬、ケルピーをアイテムボックスから取り出した。

バーサクマッドクラブほどではないが、このケルピーも普通の馬（と言っても、こっちの馬は競走馬なんかに比べても一回り大きいくらいなのだが）の1．5倍はありそうな大きさだ。

「これマズイらしいので、このまま買い取りをお願いします」

俺がそう言うや否や、オーソンさんがすぐさま職員に指示をして、ケルピーを移動してしまった。

そんなに急がなくても、うちじゃ必要ないものだから回収はしないのに。

オーソンさん曰《いわ》く「ケルピーから取れる素材は皮くらいしかないが、その皮も貴重ではありますからな」とのこと。

みんなが敬遠することもあって、なかなか出回らないのだそうだ。

しかしながら、ケルピーの皮は水を弾《はじ》くという性質から、馬車の幌《ほろ》に最適で、商人からの引き合いも多いのだという。

なるほどねぇ。

「最後は一番の大物、タイラントブラックアリゲーターです。これは肉が美味いみたいなので、肉はこちらでいただきたいと思います。それから皮も少し」

皮は、ランベルトさんへのお土産にいいかと思って少し持ち帰ることにした。

それに、自分用にもね。

会社員時代にワニ革の小物が欲しいなって思ったことがあったんだけど、高額過ぎて断念したのを思い出してさ。

素材が手に入ったんだから、作ってもらうのもアリかなって思って。

「承知しました。それでは、依頼の報酬と買い取り代金ですが……」

オーソンさんの話では報酬の方はすぐに用意できるが、買い取り代金に関しては査定等に2、3日はかかるとのことだった。

なので、まとめて3日後にということにしてもらった。

何せ、さっきから食いしん坊カルテットからの念話がすごいのだ。

『まだか?』とか『早く』とか『早くカニ食いたい』とかね。

極めつけは、スイからの『あるじー、お腹空《なかす》いたよぉ～』という悲しそうな声。

これは急がねばと、オーソンさんと3日後と話をまとめて、俺たち一行は冒険者ギルドを後にした。

早く早くと急《せ》かされて、俺はフェルの背に乗り、ドラちゃんとスイはゴン爺《じい》の背に乗って、メインストリートを爆走中。

フェルとゴン爺が並んで走っているものだから、人でごった返しているはずの通りもおのずと道が開けていく。

その一方で、俺が頭の中で考えを巡らせていたのは、バーサクマッドクラブの茹で方だった。

鑑定で〝茹でると美味い〟と出たからには、茹でて食うのは絶対だもんなぁ。

となると、やっぱり細かく切って茹でていくしか方法はないか。

でも、切ると旨味《うまみ》が逃げて水っぽくなりそうでどうも気が進まない。

何かうまい方法はないものか……。

『あるじー、カニさん楽しみだね～』

スイの呑気《のんき》ともいえる念話が入ってくる。

『はは、そうだねー……。あ』

スイと話して思い出した。

そういやドランのダンジョンでだったか、キラーホーネットっていうハチの魔物の巣を大きな水の玉《ウォーターボール》の中に閉じ込めるってやり方で倒したことがあったな。

それを応用すれば、もしかしたら……。

『フェル、ゴン爺、思いついたことがあるから、街の外に出てくれ』

『む、カニを食うために戻るのではないのか？』

『そのカニを茹でるためには外じゃないとダメなんだよ！』

『フェル、主殿がそう言うのであれば向かった方がいいじゃろう』

『カニが食えるなら何でもいいよ。腹が減って死にそうだぜ～』

ドラちゃんの言葉が引き金になったのか、みんなの腹が一斉に鳴った。

『絶対に美味いカニを食わせるのだぞ！』

フェルのその言葉とともに方向転換して、再び俺たち一行は街の外へと繰り出したのだった。

◇　◇　◇　◇　◇

再び街の外へと繰り出してきた俺たち一行。

着いた場所は、エレメイ川の河原から少し離れた開けた場所だった。

川に近すぎると、魔物が寄ってくる可能性もあるからね。

ここら辺の方が落ち着いて作業もできるし、カニを茹でたお湯の排水も問題ないだろうしね。

ということで、まずはバーサクマッドクラブをアイテムボックスから取り出した。

『おい、それでどうするのだ？』

「どうするってね、それはな……。スイ、ちょっと来てくれるかな」

『なぁにー、あるじー』

ゴン爺の背に乗っていたスイがポーンと飛び降りて、俺の方へと寄ってくる。

「あのね、お水の魔法で、このカニさんが入るくらいの大きな水の玉を作ってくれるかな？」

『分かったー』

そう言ってスイが『んん～』と力を込めると、水が集まり出して巨大な水の玉《ウオーターボール》を形成した。

『あるじー、これで大丈夫ー？』

「ああ。上出来上出来」

そこに……。

塩をポイッとな。

もちろん最初は少なめで。

指を入れてペロッと舐《な》めてみる。

「さすがにこの水の量にこの塩じゃあ薄いか……」

さらに塩を追加。

再び指につけてペロリ。

「ほんのり塩味。入れ過ぎてもあれだし、ま、これでいいか」

その次は、こうだ。

「ファイヤーボール」

バレーボール大の火の玉《ファイヤーボール》を投入。

ジュッ――――。

すぐに消えてしまった。

『何をやっているのだ、お主は。まぁ、今ので何をしたいかは分かったが、それでは小さ過ぎだろう』

呆《あき》れ顔《がお》でフェルがそう言う。

『うむ。その水の玉を熱したいという主殿の趣旨は分かったが、その火の玉《ファイヤーボール》は小さ過ぎよのう』

ゴン爺までそんなことを言ってくる。

「ぐぬっ、わ、分かってるよ。最初だから試しただけ！」

こういうのは調整が大事なんだよ。

『なんだよ、そんなことなら俺がやってやるよ』

そう言ってドラちゃんが直径3メートルくらいはありそうな大きな火の玉《ファイヤーボール》を……。

「ちょっ、ちょっ、ダメダメッ！　ストーップッ！」

慌ててドラちゃんを止めた。

『なんで止めるんだよー』

「なんでって、そんな大きなファイヤーボールを入れたら水が蒸発しちゃうだろ！」

『めんどくせーなぁ。じゃあどうすんだよ？』

「こういうのは加減が大事なの。火魔法が使えるフェル、ゴン爺、ドラちゃんはスイのウォーターボールの周りに集まって。あ、ゴン爺はもちろん火魔法は使えるよね？」

『無論じゃ』

フェル、ゴン爺、ドラちゃん、そして俺と火魔法使いがウォーターボールの周りに展開した。

「まずは、これくらいの大きさのファイヤーボールを投入してくれ」

バスケットボール大のファイヤーボールを作ってみんなに見せた。

『そんなちっさくていいのか？』

「様子見だからとりあえずはな」

魔力が多くて魔法もお手の物のドラちゃんは当然のようにすぐにできたけど、フェルとゴン爺がね……。

『おい、これでいいか？』

「フェル、それ大き過ぎ」

俺はバスケットボール大のを作ってみせたのに、それ直径1メートルはあるでしょ。

『むぅ……。……むむ…………ふぅ、こんなものでどうだ？』

「うーん、ちょっと大きいけどまぁいいだろう」

バスケットボールより一回りくらい大きいけど、とりあえずはいいだろう。

『主殿、儂《わし》のはどうじゃ？』

「どうじゃって、明らかに大き過ぎでしょ。さっきのフェルのよりも大きいじゃないか、それ」

ゴン爺のファイヤーボールは、俺がダメ出ししたフェルのファイヤーボールよりも一回り大きかった。

『ダメかのう。うーむ……むむむ…………ふん、ならこれでどうじゃ？』

「ゴン爺のもまだちょっと大きいけど、まぁいいよ」

フェルが作り直したファイヤーボールと同じくらいの大きさになっているから、これもまぁいいだろう。

「それじゃ、いくぞ」

フェル、ゴン爺、ドラちゃん、俺がそれぞれ作ったファイヤーボールをウォーターボールの中に投げ入れた。

ジュッ、ジュッ、ジュッ、ジュッ――――。

4つのファイヤーボールが水の中で消えていく。

うーむ、見た感じはまだまだのようだけど……。

恐る恐る指をチョンとウォーターボールに浸《つ》けてみた。

ぬるいな。

ということで、もう一回。

今度はもう少し大きめのファイヤーボールにしてみる。

「みんな準備はいいか？　よし、今だ」

ジュッ、ジュッ、ジュッ、ジュッ――――。

再び4つのファイヤーボールが水の中に消えていった。

ウォーターボールから湯気が立ち上っている。

でも、見た感じはカニを茹でられるほどにはなっていない感じだな。

また指をチョンと浸けて温度確認。

風呂の温度くらいかな。

これではまだ足りない。

ということで、もう一回だ。

今度はさっきよりも大きめのファイヤーボールを。

「みんないいな？　いくぞ」

ジュッ、ジュッ、ジュッ、ジュッ――――。

三度目のファイヤーボールが水の中に消えていく。

今度はどうだろう？

お、今度はいい感じかも。

ウォーターボールの上の方に向かってボコボコと気泡が立っている。

「うん、これで大丈夫そうだ」

『やっとか』

『面倒だのう』

『ホントだぜ』

「そう言わないの。あとはこの熱湯ウォーターボールを……。スイの出番だよ。このウォーターボールの中にその大きなカニさんを閉じ込めて」

『ハーイ！』

スイが『ムムム』とウォーターボールを動かして、その中にバーサクマッドクラブを閉じ込めた。

『フゥ、あるじー、これでいーい？』

「うん、バッチリ」

しかし、ウォーターボールの中の気泡が無くなっている。

カニを入れたことで少し温度が下がったようだな。

ファイヤーボール、もう一回いっとくか。

「フェル、ゴン爺、ドラちゃん、もう一回ファイヤーボールだ。最後のよりも小さめでいいからな。あと、カニに当たらないように注意だぞ」

『そのくらい分かっておるわ』

フェル、ゴン爺、ドラちゃん、俺が、カニに当たらないよう隙間にファイヤーボールを入れる。

ジュッ、ジュッ、ジュッ、ジュッ――――。

4つのファイヤーボールが水の中で消えると、再びウォーターボールの中でボコボコと気泡が立っていった。

カニを茹でる途中も温度が下がらないようにファイヤーボールを投入しながら茹でていく。

そして。待つことしばし……。

『おい、まだか？』

『主殿、さすがに腹が減ったんじゃがのう』

『腹減った～。カニはまだか？』

『あるじー、お腹空いたぁ』

「もうちょいだよ」

茹で上がって赤く色づき始めた巨大ガニ。

「………よし、もうそろそろいいかな。スイ、熱いお水捨てちゃっていいよ。あ、みんなにかからないようにしてね」

『ハーイ』

バッシャーン――――。

「ウアッチチッ！」

熱い湯の飛沫《しぶき》が頬にかかり、思わず叫ぶ。

『あるじーっ！』

スイがびっくりしてすごい速さで俺の足下へとやってきた。

「大丈夫大丈夫。ちょこっとだけ、熱いのが頬っぺたにかかっちゃってびっくりしただけだよ」

『ごめんねー、あるじー』

スイのひんやりとした触手が伸びて、ピトリと俺の頬に当てられた。

「ありがと。ひんやりして気持ちいいよ」

スイの優しさにほっこりしていると……。

『相変わらず軟弱だなぁ、お主は』

「軟弱って、熱いものは熱いだろうが」

『そんなことより、もういいのだろう？　早く食わせろ』

『主殿、儂も早く食いたいのう』

『俺も～。早くカニー』

『スイもカニさん食べたーい！』

トホホ。

食いしん坊カルテットにゃあ食い気に勝るものなしってことかい。

ある程度冷めたところで……。

「俺でも足もげるかな？　とりあえず……、よいしょ！」

ボキッ。

「あれ、けっこう簡単に取れた」

ということで、ボキボキボキッ。

茹で上がったバーサクマッドクラブの脚を全てもいでいった。

「よしと。あとは殻を切って中の身を取ればいいんだけど……。殻、硬いって言ってたんだよなぁ」

ロンカイネンの冒険者ギルドのギルドマスター、オーソンさんがさ。

是非買い取りしたいって話だったんだけど、食うからってお断りしたら、すっごい未練タラタラっぽかったし。

それくらいに良質の素材であることは間違いなさそうなんだよね。

「やっぱり普通の包丁じゃあ無理かな？」

そう思いながらも愛用している包丁のうちの一つである、ネットスーパーで買った包丁を試しに軽く当ててみた。

パキッ――――。

「おろ？　もしかして、切れる？」

ネットスーパー包丁で切り込みを入れていくと、少しの抵抗はあるものの問題なく切れていった。

この殻は硬いって言ってたけど、熱湯で茹でると脆《もろ》くなるのかもしれないな。

そんなことを考えながら、カニ脚の処理をしていった。

そして、ネットスーパーでゴム手袋を買って……。

「よいしょっと」

太いカニ脚に詰まった身を手で穿《ほじく》り出すようにして取り出していく。

取り出した見るからにプリップリの身を、食いしん坊カルテットのそれぞれ専用の皿に盛っていく。

途中、下の方の細い脚を3本ほど（そうは言っても元が4トントラックの大きさのカニだから結構な太さなんだけど）とある料理に使うために確保することも忘れない。

「ふぅ、こんなもんかな」

『お、おい、まだか？』

フェルもゴン爺もドラちゃんもスイも、カニの身がこんもりと盛られた皿に目が釘付《くぎづ》けだ。

「ププッ。はいはい、どうぞ」

みんなの前に皿を置いてやると、待ちきれないというように口いっぱいに頰張る。

俺も負けじとカニの身を口いっぱいに頰張った。

噛《か》んだ瞬間、ビビッと電撃が走った。

フェル、ゴン爺、ドラちゃん、スイの食いしん坊カルテットと目が合う。

そして……。

『『『「美味いっ！！！」』』』

カニ独特の濃厚な旨味と甘み。

それが口いっぱいに広がって、自然と笑顔になる。

人生で一番美味いと思えるカニかもしれない。

食いしん坊カルテットもガツガツと夢中になって頰張っている。

それに伴い、俺もカニの身を味わいながらせっせと身を殻から外していった。

おっと、そろそろこれの出番かな。

茹でただけのほんのり塩味の利いた茹でガニもいいけど、俺はこっちも好きなんだよね。

茹でガニのつけダレにするなら、俺はこれが一番好きかも。

ということで、俺が取り出したのはポン酢醤《しょうゆ》油だ。

これをちょこっとつけて……。

「うまっ！」

酸味のあるポン酢とカニの身が絶妙にマッチしている。

『おいっ、それはなんだ？』

「ポン酢醤油だよ。これをつけても美味いぞ」

『くれ！』

『儂もじゃ！』

『俺も！』

『スイもー！』

茹でただけで絶品に美味いカニを、さらに美味くしてくれると思ったのか、みんなの目の色が変わる。

おかわり分のこんもりと盛られたカニの身にポン酢醤油をかけて出してやった。

『むむぅ、これも美味いぞ！』

『うむ。この酸っぱいのが意外と合うのう！』

『うっま！　これもうっま！』

『これもおいしー！』

食いしん坊カルテットはポン酢醬油をかけたカニの身も気に入ってくれたようだ。

そして、最後はこれだな。

巨大な甲羅を、ふんぬと捲《めく》りあげて……。

「うひょー、身も詰まってるしカニ味噌《みそ》もたっぷりだ！」

『ん？　なんだそれは』

耳の良いフェルがなんだと聞いてくる。

「カニ味噌だよ。前にも海で食わなかったっけ？」

『そうだったか？　なんか気持ち悪い色だなー』

気付いたドラちゃんも覗《のぞ》いてくるが、気持ち悪いって失敬だな。

まぁ、海で食ったカニはこんなにデカくなかったし、あの時は確か身を和《あ》えてからだしてやったからな。

「色で判断するなって。カニ味噌はなー、濃厚でコクがあって、ほのかな苦味もあって美味いんだぞ」

『なんだ苦いのかぁ。スイ、苦いのはいいや～』

『俺もパス。その色と見た目を見てからじゃあとても食い物とは思えねぇもん』

クッ……、ドラちゃんは前にも味わったってのに。
カ、カニ味噌は大人の味だから。
ドラちゃんとスイはしょせんお子ちゃまだからしょうがない。

そう思いながら、取り出した甲羅の身をカニ味噌につけてパクリ。

「く～、美味い。酒が欲しくなるなぁ」

『どれ、そんなに美味いなら我にも食わせてみろ』

「フェルも確か海で食ったはずなんだぞ」

食いたいと言うフェルのために、カニ味噌をつけた身を皿に置いてやった。

パクリ。

「どうだ？」

『…………マズくはない。マズくはないが、身だけの方がより美味いな』

ぐぬぅ、大人の味ってものがわからん子ども舌のフェルめ～。

確かに、確かにこのカニの身はめっちゃ美味いよ。

美味いけど、カニ味噌もいいだろがぁ～。

「いいさいいさ、カニ味噌は俺一人で楽しむさ。酒と一緒にね！」

『主殿、お供するぞ』

「ゴン爺～」

『儂、酒は嫌いではないのでな』

「よーしよーし、ゴン爺、俺と一緒に大人の味を楽しもうじゃないか！」

ということで、準備準備。

この甲羅はデカすぎるから……、これでいいや。

甲羅じゃないけど、カニ味噌の甲羅焼だ。

足の殻の一部を使って、そこにカニ味噌とほぐした身を入れて混ぜ混ぜ。

そして日本酒と醤油少々を入れて、ＢＢＱコンロで焼いていく。

水分が飛んだら食べごろだ。

「ほい」

深皿に一升瓶の日本酒をドボドボと注《つ》いでゴン爺に出してやる。

選んだ日本酒は、リカーショップタナカでも人気だった新潟の酒だ。

日本酒好きの先輩が、淡麗ですっきりとした飲み口で料理にも合うからおすすめなんだって力説していたのを思い出して買ってみた。

俺は手酌で透明なコップに。

わざわざネットスーパーで買っちゃったよ。

日本酒を飲むならこの昔ながらの透明なちょい小さめのコップだよねぇ。

そしてカニ味噌をちょびりとつまんで、ゴクッ。

「く～、美味いね～」

『どれ、儂も』

ゴン爺もちょびりと前脚の爪でとって舐めるようにパクリ。

そして、日本酒は口をつけてゴクリ。

『ほっほ～、こりゃあ悪くないのう主殿～』

「だろうだろう。これぞ大人の味。日本酒とカニ味噌の組み合わせは、絶品だよな～」

俺とゴン爺で酒盛りを楽しんだ。

『なにが大人の味だ。ただの酒呑《さけの》みではないか』

そう言ってフェルが呆れているけど、あーあー聞こえませんねぇ。

「お、ゴン爺なかなかいける口だな」

ゴン爺の酒がもうなくなっている。

「ほい、もう一杯」

そう言いながら再び注いでやる。

『お、すまんのう主殿。しかし、このカニ味噌とやら、この酒に恐ろしく合うのう。ついつい飲んでしまうわい』

「そうなんだよ。これをつまみにするとチビチビ飲んでいるつもりでも、いつの間にかな」

ゴン爺とそんなことを話していると……。

『うぉっほん。無類の日本酒好きがここにおるんじゃがのう』

「デミウルゴス様……」

『儂にくれてもいいんじゃぞ』

あ〜、欲しいんですね。

日本酒のお供えはロンカイネンに来る前にささっと済ませてあるから、酒は手元にあるだろうけど、それに抜群に合うつまみと聞いて出てきちゃったわけか。

「あーはいはい。それじゃあお裾分けに」

デミウルゴス様の分の甲羅焼を急いで作ってお供えした。

『ふぉっふぉ〜、ありがとうの〜』

淡い光と共に甲羅焼が消えていく。

『フハハ、主殿の前では神の威厳もへったくれもないのう。ま、それを言うなら儂らもじゃがのう』

ガッフガッフとカニの身を美味そうに食らうフェルに目をやるゴン爺。

「フフ、まぁ、神様にも楽しみは必要ってことだからさ」

『あ、この前の謝礼は、もう少し後に手に入るはずじゃから、楽しみに待っておるんじゃぞ〜』

デミウルゴス様、謝礼とか言っちゃってるし。

も〜、本当にこの世界の神様は自由だね〜。

第四章　新・魔道コンロ

朝飯を食い終わり、みんなでリビングでまったり。

オーソンさんとの約束の日は明後日《あさって》だから、今日はゆっくりして明日は目的だった魔道コンロを買いにいこうかなと考えている。

そう考えていたんだけど……。

『よし、狩りに行くぞ』

「ちょっとフェル、唐突になに言ってんの」

『昨日のカニ、美味《うま》かっただろう』

「ああ。確かに美味かったけど？」

『あと数匹確保しておけば、また楽しめるだろう』

『おお、それは良いのう！』

『確かに！　あのカニ、また食いたいもんな！』

『スイもカニさんまた食べたーい！』

フェルの提案にゴン爺《じい》もドラちゃんもスイも大乗り気だ。

だけどここは譲れないよ。

「ダメダメ。今日はこの街に来た一番の目的を果たそうと思ってるんだから」

『『『『この街に来た一番の目的ー？』』』』

ったく、みんな忘れてるのかよ。

「魔道コンロだよ、魔道コンロ！」

俺がそう言って、ようやくみんな思い出したようだ。

ベヒモスに壊されて使い物にならなくなった魔道コンロ。

これがないと不便で仕方がない。

「俺たちにとっては必需品なんだぞ。飯の作り置きはしてるけどさ、旅先とか狩りに行った時に手持ちが尽きたり、あれ食いたいこれ食いたいってなったときは、作る道具がなきゃあなんともならないんだから」

ちょくちょく作り置きはしているものの、食いしん坊カルテットの大食いの前には心もとないのが実情。

魔道コンロがあれば、その場で作ることができるから安心感も違うんだよね。

『むぅ、飯が作れなくなるだと？』

「そうだよ。この街に来る前だって多めに作り置きしてきたし、今は街にいるからなんとかなるけどさ、これが旅の途中で森の中だったらどうなる？　そこで作り置きが尽きたら、そこで飯を作るってなるだろ？」

『まぁ、そうなるな』

『そうじゃなぁ』

『そうしなきゃあ、俺ら飯にありつけないじゃん』

『ご飯食べられないのはイヤー』

「だろ。それにはやっぱり魔道コンロが必要になるわけよ」

『大事ではないか』

フェルが怒ったようにそう言う。

「いやだから、さっきからそう言ってるじゃん。魔道コンロは俺たちにとって必需品なんだって」

『カニどころではないな。その魔道コンロとやらの方が先だ。皆もいいな』

フェルがそう言うと、ゴン爺、ドラちゃん、スイも承知する。

『カニは魔道コンロとやらを手に入れてからだ』

『そうだのう』

『だな』

『分かったー』

みんな、カニは諦めてないのね。

まぁ、魔道コンロが先っていうのは分かってくれたからいいけどさ。

ということで、街へレッツゴー。

◇◇◇◇◇

魔道コンロを買いに行くことになったわけだが、この魔道具屋がどこにあるのかさえわからん。

で、こういうときこそ商人ギルドとなり、商人ギルドに寄って魔道具屋のことを聞いてみた。

探しているのが大きい物だから、そのことも伝えると、それだけのものを扱っているとなるとやはり大店《おおだな》がいいだろうと、この街でベスト3の魔道具屋を紹介してもらった。

もちろん場所もバッチリ聞いたから、近場から順に回ろうということに。

まず最初の店は、ヴァルドネル魔道具店だ。

この道をまっすぐ進んで、二つ目の角を左に曲がったらすぐの店だって言ってたな。

みんなでヴァルドネル魔道具店を目指して通りを歩いているんだけど……。

サーッと人が引いていくよ。

そんなにピッタリ壁際に寄らなくてもいいのに。

初日のことがあったから、街の人たちにはフェルとゴン爺とドラちゃんとスイが俺の従魔だっていうことは知れ渡っているようだけど……。

俺の両脇を固めるでっかいお供たちを横目でチラリ。

『何だ？』

『何じゃ主殿？』

「いや、別に……」

巨大狼《おおかみ》とドラゴンだもんなぁ。

ビビられても仕方がないか。

騒ぎにならないだけまだマシってことなのかも。

そんなことを考えながら歩いているうちにヴァルドネル魔道具店へ到着。

「ここだな」

『儂《わし》たちはここで待っていようかのう』

店の中にいろんな商品が所狭しと並んでいるのを見てか、ゴン爺がそう言うとフェルたちも同意したのか早速店の前で横になっている。

邪魔かもしれないけど勘弁してもらうしかないな。

「なるべく早く戻ってくるから」

そう言い残して店の中へと入っていくと、すぐに店員さんがやってきた。

「どのようなものをお探しですか？」

「えーとですね、魔道コンロを探しているのですが……」

今まで使っていた魔道コンロのスペックを説明して、それと同等かそれよりも上のものを探していることを伝えた。

すると、店員さんが困り顔に。

「そこまでのものになると、通常は特注になるのですが……」

やっぱそうなるかぁ。

ドランで買ったときだって、店に置いてはあったものの最新式ってことで客寄せの目玉商品みたいな扱いだったようだし。

店員さんの話では、ヴァルドネル魔道具店で今のところ在庫があるのは、人気のある二口の魔道コンロのみ。

それ以上のものになると、オーダーメイドになるそうだ。

その注文の受付もしているが、出来上がるまでには1年近くかかるとのことだった。

その話を聞いて、こりゃあダメだと店を出た。

「はい、みんな起きて。次の店に行くよ」

『随分と早かったな』

「んー、あの大きさの魔道コンロはないって話でなぁ。次の店で見つかればいいけど……」

フェルたちを引き連れて、次の店であるリゴーニ魔道具店へと移動。

しかし、リゴーニ魔道具店での反応も芳しくなかった。

最初のヴァルドネル魔道具店と同じで、売れ筋の二口の魔道コンロが主流で、それ以上のものはオーダーメイドになるということだった。

どうしよう……。

こりゃあ王都に行かないとだめなのかな。

それでもなければ、時間はかかっても特注で作るしかないってことだよな。

うーむ……。

いろいろと考えてしまうが、ないものは仕方がない。

最後の店であるアルファーロ魔道具店に望みをかけるしかない。

この店は、商人ギルドから紹介してもらった3つの店の中でも一番の大店らしいから期待できる。

というか、お願いだからあってくれと祈るような気持ちで、みんなとアルファーロ魔道具店へと向かった。

「ここか……」

ゴクリ。

確かに今までで一番大きな店だった。

「それじゃあみんなはここで待っていてくれ」

フェルたちを残して、俺は店の中へと入っていった。

すぐに来てくれた店員さんに、欲しい魔道コンロのスペックを伝える。

すると……。

店員さんは満面の笑み。

「お客様、幸運でしたね！　なんと今でしたら、お聞きした魔道コンロを超える性能のものがありますよ！」

「ホントですか!?　是非、見せてください！」

勢い勇んでそう言うと、苦笑いしながら店員さんが現物が保管されている倉庫へと案内してくれたのだった。

そこにあったのは、業務用でもなかなかないんじゃないかと思うほどの大きな魔道コンロだった。

今まで使っていた魔道コンロよりも一回りデカい。

何よりこっちは六つ口もある。

それに……。

「オーブンが2つもついている！」

興奮して思わず叫んでしまった。

「ええ、そうなんです。これならコカトリスの丸焼きを2つ同時に作ることも可能なのですよ！」

店員さんのセールストーク。

「上のコンロも最大限に使えば、ご自宅での大人数のパーティーにも対応できますよ」

うんうん、これだけあれば料理も大量に作れるね。

うちにピッタリというか、まるでうちで使うために作られたような魔道コンロだよ。

もうこれは買うしかないでしょ、というか絶対に買う！

「これ、買います！　ください!!」

俺の勢いに押されている店員さんだったが、遠慮がちに「お値段をまだお伝えしていないのですが、よろしいので？」と聞いてきた。

「一応、Ｓランク冒険者なので金はあるんです」

うちの従魔ズが稼いでくれるからね。

この魔道コンロは、フェルたちみんなの飯を作るために必要な大切なものなんだから、みんなに正しく還元されていると言えるよな。

「Ｓランク冒険者様ですか。これは失礼いたしました。では、この魔道コンロのお値段ですが……」

この魔道コンロのお値段は、なんと金貨１２００枚。

高いけど、このスペックなら納得の値段かな。

前の魔道コンロだって金貨８６０枚したんだから。

代金はもちろんその場でお支払い。

魔石はサービスでつけてくれたよ。

ニコニコ現金一括払いで、店員さんもホクホク顔だ。

「お届けはどういたしましょうか？」

「あ、アイテムボックスがあるので大丈夫です」

そう言って、手に入れた魔道コンロをアイテムボックスへとしまった。

これで安心。

しかも、こんな良い魔道コンロが手に入るなんてなぁ。

終わり良ければ全て良しってね。

「しかし、普通なら特注品なのに、よくありましたね～」

「実はですねぇ……」

気が緩んでおしゃべりになった店員さんから聞いた話によると、この魔道コンロは元々はお貴族様からの特注品だったらしい。

それが、もう少しで出来上がるという段になって、違うスペックにしたいと言い出したらしいのだ。

本来ならば、特注品ということで製作費を全額支払ってもらうのが筋なのだが、「品はまだできていないではないか」と鶴の一声で泣く泣く店側が支払うハメに。

物が物だけに、店主含め従業員も不良在庫になる他ないのかと思っていたそうだ。

そこに俺が登場してお買い上げというわけだ。

店としちゃあ災難だったけど、俺としては本当に幸運だった。

去り際には、店員さんが「ありがとうございました！」って深々と頭を下げていたよ。

店の外に出ると、フェルとゴン爺とドラちゃんとスイがお待ちかね。

ちょっとソワソワしてるよ。
ま、飯を作るのに必要なもんだって散々言ったからね。
『それで、どうだった？』
「バッチリ。今までのよりも良いのが買えたよ」
『おお～、それは良かった、主殿！』
『よっしゃ！　これで美味い飯がいつでもどこでも食えるぜ！』
『美味《おい》しいご飯～』
みんなも嬉《うれ》しそう。
『よし、ちょうどいい。飯にするぞ』
『うむ。いい考えだのう』
『ちょうど小腹も空《す》いてきたところだしな』
『ご飯にする～』
盛り上がる食いしん坊カルテット。
「まったくもう。でもまぁ、試運転ってことでよしとするか」

◇　◇　◇　◇　◇

帰ってきたところで、新・魔道コンロの試運転を兼ねての飯作り。

まだ夕飯というには早い時間だし、時間的余裕があるなら取り置きしてあるカニで作ろうと思っていたアレを作ろうかなと思っていた。

ただ、少し出来上がるまでに時間がかかるって言ったら、食いしん坊カルテットがガックリした顔してたからさ、作り置きしてたダンジョン豚で作った豚丼を出してやった。

普通なら何人前あるんだっていうくらいの特盛りではあるけど、食いしん坊カルテットにしたらおやつ程度だろう。

それでもまぁ、少し時間は稼げた。

その間に、夕飯用にアレを作っていくことに。

作るのはズバリ、カニクリームコロッケだ。

たまにお裾分けでカニ缶をもらった時には、自分で作ってたんだよね～。

自分で作った方が量の調節ができるし、贅沢《ぜいたく》にカニたっぷりで作れるからさ。

このカニたっぷりのカニクリームコロッケがまた美味いんだ。

カニ缶で作ったカニクリームコロッケがあんだけ美味かったんだから、バーサクマッドクラブの美味すぎるカニの身で作ったらどんだけ美味いんだろうってことだよな。

今から想像するだけで涎《よだれ》が……。

いかんいかん。

そんなことよりも、早速作っていかねば。

この家のキッチンにも文句なしの立派な魔道コンロが備え付けてあるけど、今回はもちろん購入したばかりの新しい魔道コンロを使う。

試運転も兼ねてるからな。

それと、これだ。

アイテムボックスから取り出したのは、盗賊王のお宝の中にあった魔道冷蔵庫だ。

一応、カレーリナでこれに合う魔石も見つけてセットして、いつでも使えるようにはしてあるんだよ。

この家にも魔道冷蔵庫は置いてあるけど、ちょい小さめだから、手持ちのこれも使うことに。

魔石で思い出したけど、昨日、ゴン爺とカニ味噌《みそ》を食ってたらさ、ゴン爺が食った中に魔石が入ってたらしくてさ、『食ってしまってもいいかのう?』とか聞くから「別にいいけど」って言ったら、ボリボリ食ってやがんの。

ビックリしたわ。

美味いのか聞いてみたら、味はないらしい。

多少の魔力の補給になるみたいではあるけど、ゴン爺くらいになるとあんまり意味はないみたいで、その時の気分によって食ったり食わなかったりなんだと。

魔石を食うなんて聞いてなかったから、他のみんなにも聞いてみたんだ。

そうしたら、フェルは俺と会うまではゴン爺と同じ感じだったらしい。

でも、今じゃ『あんなもの食わん』だって。

噛《か》み砕くと口の中がザリザリしてどうしようもないって嫌そうな顔して言ってたよ。

まぁ、そりゃあそうだわな。

だって石なんだから。

ドラちゃんは断然食わない派だった。

魔力の補給になるっていうんで食ってみたこともあるようだけど、『硬くて食えたもんじゃねぇよ、あんなもん』って言ってた。

噛み砕くのはフェルやゴン爺級じゃないと難しいみたい。

魔石の丸呑《まるの》みにも挑戦したらしいけど、翌日、腹痛に相当苦しめられたとかで『二度と食うか』って言ってたよ。

どのくらいの大きさのを丸呑みにしたか分からんけど、ドラちゃんの体でそれしたらダメに決まってるわな。

スイは当然というか、生まれたてで俺とフェルに出会ったんだから当然食ったことないわけだけど、『食べてって言うなら食べるけど、美味しくないなら食べたくないなぁ～』だってさ。

当然、そんなもの食わせないって。

ゴン爺も口の中に入ったものを出すのもあれだからって食っただけみたいだったしね。

ま、魔石は買い取りに出せばいい値段で買い取ってくれるから、そのお金で美味い物に換えた方が断然お得だよねってことで、これからは魔石は食わないってことにはなったけど。

毎日一緒にいるけど、未《いま》だに知らないこともあるんだなぁとフェルたちについての新発見にちょっとだけ嬉しくなった。

おっと、そんなことを思い出して手を止めている場合じゃないな。

夕飯に間に合わなかったら、それこそ食いしん坊カルテットにドヤされちゃうわ。

まずは足りない材料をネットスーパーで購入っと。

と言っても、足りないのはバターと牛乳くらいのものだけどね。

それを買ったら、調理開始だ。

まずは、ゴム手袋をはめて、取っておいたバーサクマッドクラブの脚に詰まった身を取り出してほぐし身にしていく。

「ふぅ、終わった」

特大ボウル４つ分にこんもり山となったカニのほぐし身。

お次は、アルバンからお裾分けでもらったアルバン印のタマネギをみじん切りにしていく。

このタマネギ、火を入れると甘味が強くてすっごく美味いんだ。

タマネギは俺の料理でけっこう使うから、アルバンがたくさんくれるのはホントありがたい。

そうしたら、深めのフライパンに油をひいて、タマネギがしんなりするまで炒《いた》めていく。

そこにカニのほぐし身を加えてさっと炒めたら、塩と胡椒《こしょう》を振り白ワインを加えてさらに炒めてアルコール分を飛ばす。

そこまでできたら、次はホワイトソースだ。

深めのフライパンを弱火にかけてバターを入れて溶かしたら、小麦粉を篩《ふる》い入れて焦がさないように、かつ粉っぽさがなくなるまで炒めていく。

そこに、牛乳を何回かに分けて入れて、その都度しっかり混ぜ合わせていく。

全体がねっとりしてきたら、残りの牛乳を加えて焦がさないように泡立て器でよく混ぜ合わせる。

もったり滑らかでツヤっとしてきたら、炒めておいたタマネギとカニを入れて軽く塩胡椒を振り、混ぜ合わせる。

あとはバットに移して粗熱がとれたら、ラップをかけて冷蔵庫で1時間。

その間にバッター液や付け合わせを準備しておく。

卵と水と小麦粉を入れてバッター液を作ったら、パン粉も用意。

あとは付け合わせのキャベツとトマトだ。

キャベツは千切りに、トマトはくし切りだな。

オーソドックスな付け合わせだけど、俺的にコロッケにはこの付け合わせがベストだと思っている。

ちなみにこのキャベツとトマトもアルバン印だぞ。

その準備が終わったところで……。

「1時間にはちょい早いけど、ま、大丈夫だろう」

冷やしていたカニクリームコロッケの種を、冷蔵庫から取り出した。

あとは、冷えてまとまりやすくなった種をドンドンと俵形に成形していく。

「よっしゃ、後は揚げていくだけだ」

俵形にした種を、バッター液に浸《つ》けてパン粉を付ける。

それを、180度くらいに熱した油でカラッときつね色になるまで揚げたら出来上がりだ。

「味見味見〜」

作った者の特権で味見をば。

サクッ――――。

「アチチッ。ホフホフッ、熱いけど、うまっ！」

周りはサクッで中はトロ〜リで最高の状態。

カニたっぷりだからカニの風味もして、文句なく美味い。

自分で作っておいてなんだけど、めっちゃ美味くて大成功。

どんどんどんどんカニクリームコロッケを揚げていく。

揚げたてを維持するために、カラッと揚がったカニクリームコロッケはアイテムボックスで一時保管することも忘れない。

そんな調子でカニクリームコロッケを量産していった。

「ふぅ～、ようやく揚げ終わった。あとは盛り付けを……」

大皿にキャベツとトマトを盛り付けて、カニクリームコロッケを形よく山形に積み上げていく。

「よし、完成だ。さてと、首を長くして待っている食いしん坊たちに食わせてやるか」

◇◇◇◇◇

『なんだ、これは』

皿の上のキャベツとトマトを見た途端に顔を顰《しか》めるフェル。

「カニクリームコロッケだよ。キャベツとトマトは付け合わせ。最初だけだし、食えないわけじゃないんだから、それくらい食いなよ」

俺がそう言うとムスっとした顔をしながらも、嫌なものは最初のうちに処理とでもいうようにバクリと一口でキャベツとトマトを平らげていた。

おいおい、マヨはいらないのかよ。

『主殿、カニというと、昨日のを使った料理かのう？』

「そう。バーサクマッドクラブの身がたっぷり入ってるから美味いぞ～。あ、キャベツとトマトにマヨネーズかけとくな」

皿に野菜が残っているゴン爺とドラちゃんとスイの分にマヨネーズをかけていく。

『むぅ、我のにはなかったではないか！』

「フェルは、かける前に食っちゃったじゃん。もう、野菜は出さないから、口直しにカニクリームコロッケ食いなよ。最初はそのままで。何にもつけなくてもイケるから。あ、熱いから気をつけろよ」

『へぇ～、昨日のカニを使った料理か。美味そうじゃん』

美味そうじゃなくて美味いんだよ、ドラちゃん。

『中トロトロで美味し～！　スイ、これ大好きー！』

一足先に食っていたスイがブルブル震えながら大興奮だ。

『ホントだな！　サックサクだしトロトロでカニの味もして美味いな！　俺も好きだわ、これ』

ドラちゃんもカニクリームコロッケを気に入ってくれたみたいだ。

『美味いのう～。このようなもの初めて食った。まぁ、主殿が出してくれるものは、全部初めて食うようなものじゃがな。しかし、主殿と一緒にいるとホント飽きないのう～。主殿についていく決断をした自分を褒めてやりたいわい』

カニクリームコロッケをバクバク食いながら、しみじみとそう言うゴン爺。

ゴン爺がついてきたおかげで、俺の手間は増えたけどね。

『おい、おかわりだ。もちろん、こっちだけだぞ』

キレイになった皿を前脚で押し出してそう言ってくるフェル。

全部平らげたってことは、フェルもカニクリームコロッケは美味いと思っているようだな。

「はいはい、分かってるって。はいよ」

カニクリームコロッケだけが載った皿をフェルに出してやる。

「あ、ソースかけるか？　そのままでも美味いけど、ソースをかけても美味いぞ」

『うむ。かけろ』

カニクリームコロッケにソースをかけてやると、それをバクバク食い始めるフェル。

そして、再びキレイになった皿を前に、フェルがソースまみれになった口をペロリと舐《な》め……。

『明日はカニを獲《と》りに行くぞ。これは決定だ』

『それはいいのう』

『賛成～』

『カニさん獲りに行くー！』

明日の予定がいつの間にか決まっていた。

一日エレメイ川でカニ獲りとは……。

カニクリームコロッケを食わせたのは間違いだったかも。

第五章　傍迷惑な意気投合

昨日は、フェルの宣言通りにエレメイ川でカニ獲《と》りだった。

みんなして大きくなったスイに乗って、エレメイ川を一日がかりで探索しまくった。

その甲斐《かい》あってか、3匹のバーサクマッドクラブの捕獲に成功。

さすがに4トントラックの大きさとはいかなかったけどね。

3匹ともあれよりも一回り小さい個体だ。

まぁ、それでも、見つけること自体難しいカニを3匹確保できたから、みんな満足げだったけどね。

川魚も追加で手に入れることができたから、俺としても悪くはなかった。

ただ、一日中川の上っていうのは、めちゃくちゃ疲れたけどね。

みんなを乗せてがんばっていたスイには申し訳ないけど、やっぱり地に足を着けるってのが一番安心だよ。

そんなわけで、本日は昼近くまでゆっくりと過ごし、しっかりと昼飯を食ってから冒険者ギルドへと向かう。

ちなみに昼飯は、ダンジョン豚を使った豚テキ丼だった。

本当は、エレメイ川で獲ったナマズに似た魚のエレメイメガロドラスのフライでもと思っていたんだけど、食いしん坊カルテットの『肉！』とのリクエストで変更した。

中濃ソース、醤油《しょうゆ》、酒、みりん、砂糖、おろしニンニクで作った甘辛ダレを纏《まと》った肉と米だ。

食いしん坊カルテットの本領発揮と相成って、追加で大量に作るハメに……。

新しい魔道コンロも大いに役に立ってくれたよ。

ま、それは置いておいて、今は冒険者ギルドへ向かう道中。

もちろん、暇していたみんなも一緒にくっついてきている。

俺の両脇を、スイを乗せたフェルと、ドラちゃんを乗せたゴン爺《じい》がのっしのっしと歩いている。

当然のようにサーッと人が引いていく。

しょうがないことではあるんだけど、でもさ……。

さすがに「狼《おおかみ》さんとドラゴンさんだよ～。さわってみたいなぁ」なんて言ってる子どもの母親が「シッ、見ちゃダメ！」って言っているのを見たときは、なんとも言えない気持ちになったわ。

見た目は怖いけど、フェルもゴン爺も何より食い気が勝る気の良い奴《やつ》らなんだけどねぇ。

そうこうしているうちに、冒険者ギルドが見えてきた。

『ワニの肉か。楽しみだのう』

ゴン爺……、笑ってるのかもしれないけど、牙が見えて周りの人たちが怯《おび》えてるから止《や》めなさいって。

『うむ。今夜はワニの肉だな』

フェルも同じく。

『ワニの肉は俺も初めてだから楽しみだわ』

『楽しみだね～』

ドラちゃんとスイははしゃがないの。

周りの人たち、今度は困惑してるじゃん。

周囲へとカオスを振りまきながら、冒険者ギルドへ、そそくさと入っていく俺たち一行だった。

◇◇◇◇◇

「今回の依頼の討伐報酬ですが、バーサクマッドクラブが金貨２００枚、ケルピーが金貨１３５枚、タイラントブラックアリゲーターが金貨１７０枚となります。買い取りの方は……」

ギルドマスターの部屋でオーソンさんから、今回の依頼の討伐報酬と買い取り代金の説明を受ける。

全部で金貨６５０枚とのこと。

ケルピーの皮とタイラントブラックアリゲーターの皮がいい値段になったみたいだ。

そして、例によって、ここも金貨より上の貨幣で支払いということに。

「それでは、こちらです。ご確認を」

オーソンさんから麻袋を受け取った。

中にはここ最近よく見るようになった大きめの金貨がジャラジャラと入っていた。

その大きめの金貨を取り出して数えていく。
1、2、3、4…………、大金貨で65枚、確かにあるね。
本当は金貨の方が使いやすいけど、白金貨でもらうよりはまだマシだ。

あれは本当に使いどころがないというか、限られてるからな。

というかさ、最近はこれくらいの金額じゃあ驚かなくなってきたってのがなんとも言えないね。

ハハ……。

「はい。大金貨65枚、間違いなく」

そう言って、大金貨を麻袋に入れなおす。

それから、ちょっと気になっていたことを聞いてみた。

「あの、バーサクマッドクラブを怒らせた貴族の冒険者っていうのは、まだこの街にいるんですか？」

質《たち》の悪そうな貴族のボンボンみたいなので、この街にいるようだったら関わらないようにしないといけないからね。

まぁ、フェルたちもいるから滅多なことにはならないだろうけど、真正のバカだと何をするかわからないところがあるからさ。

集《たか》り教団の方たちのような前例もあるし。

「いえ、面倒ごとはこちらに押し付けて、さっさと出ていかれましたよ」

オーソンさんがハァッとため息をつきながらそう言った。

うわぁ、それはご愁傷様。

と言っても、件《くだん》のバーサクマッドクラブについてはもう片付いてはいるんだけどね。

でもまあ、面倒くさそうなのがいないと知ってちょっとホッとした。

「ムコーダさん、それであのバーサクマッドクラブは……」

オーソンさんが遠慮がちにそう聞いてきた。

バーサクマッドクラブの殻に随分とご執心の様子だったから、気になるんだろうね。

でも……。

「みんなで美味《おい》しくいただきました。茹《ゆ》でて食べたんですが、すっごく美味《うま》かったです」

『うむ。あれは悪くない。悪くない味だった』

『予想以上に美味かったのう、あのカニは。追加で3匹獲れたのは運が良かったわい』

『美味かったな、カニ！』

『カニさん美味しかった～』

俺の言葉を聞いて、みんなも美味かったと口にする。

ドラちゃんとスイは念話だから、さすがにオーソンさんには伝わらないけど、フェルとゴン爺の言葉は声に出ていたから聞こえているはずだ。

「本当にあれを食べてしまったのですか……。しかも、茹でて……」

そう言って肩を落として気落ちするオーソンさん。

「え？　茹でたらダメでした？」

「あの殻は、加工前に熱を加えると脆《もろ》くなってしまう性質なのです……。あれは殻に価値があるので、身を食べようとするものなどいなかったのに……」

いや、そう言われても。

てか、熱を加えると脆くなるのか。

硬いって聞いていたのに、どうりで俺でもバキバキと割れたわけだよ。

しかし、オーソンさん、そんな気落ちしなくてもよくない？

他にも冒険者はいっぱいいるんだから、そのうち手に入るでしょうよ。

そんなことを考えていると、オーソンさんが急に何かを思い出したようにハッと顔を上げた。

「さっき、追加で3匹捕獲したとおっしゃっていましたよね!?」

「え？　ええ、まぁ」

確かに追加で3匹獲ったけども……。

「それを是非とも買い取らせてください！」

「えーと……」

チラリとフェルたちの方を見る。

『ダメに決まっているだろうが』

『そうじゃ。皆で食うために獲ったのだからのう』

フェルとゴン爺がそう声に出す。

うちにとってはあのカニ、完全に食用ですからねぇ。

苦笑いしながら肩を落とすオーソンさんと別れて、俺たち一行は倉庫へと向かった。

そこで、タイラントブラックアリゲーターの肉と皮の一部を受け取り、本日の予定は完了だ。

後はとくにやることもないんだけども……。

「通りの店でも覗《のぞ》いていくか」

『賛成！　美味そうな屋台があったら頼むぜ！』

『うむ。たまに美味そうな肉があるからな』

『む、そうなのか？　それなら儂《わし》も食ってみたいのう』

『スイもお肉食べるー！』

何故《なぜ》か屋台巡りになる予感。

まぁいいけどね。

そんなことをみんなと念話で話しながら冒険者ギルドを出たところで……。

「ムコーダさん？」

名前を呼ばれ、声のした方を見ると、懐かしい顔ぶれがいた。

「みなさん、どうしてここに!?」

俺の目の前にいたのは、バスタードソードがよく似合うガウディーノさん、ハリウッド俳優並みのイケメンのギディオンさん、ウォーハンマーを携えたドワーフのシーグヴァルドさん、そして金糸の髪に翠《みどり》の目をしたものすごい美人エルフのフェオドラさん。

エイヴリングのダンジョンで出会ったAランク冒険者パーティー〝箱舟《アーク》〟との再会だった。

◇　◇　◇　◇　◇

「ドラゴンを新たに従魔にしたって噂《うわさ》、マジだったんだな……」

俺たち一行を見て、ガウディーノさんが遠い目をしながらそんなことを言った。

そんなに現実逃避しなくてもいいと思うんだ。

「しかも……」

そこで言葉を止めたギディオンさんが前後左右を確認してから、小声で「古竜《エンシエントドラゴン》、なんだろ？」

と確認するように聞いてくる。

「ええ、まぁ」

そこまで察知していたか。

まぁ、皆さんAランク冒険者だしね。

情報には敏感か。

「まぁ、ムコーダさんじゃからな……」

なにそれ。

そんな理由で納得しないでよ、シーグヴァルドさん。

フェオドラさんまで無言のまま頷《うなず》いているし。

「えーと、そうだ！　フェルたちはみなさんのこと覚えてるだろ？」

その場を誤魔化すように、話を変えてみた。

『うむ。確か、ダンジョンで出会った人間どもであろう』

『そうそう。覚えてるぜ』

『ご飯も一緒に食べたー』

フェルとドラちゃんとスイは、〝箱舟《アーク》〟の面々を覚えているようだ。

「それでですね、みなさんと出会った後に新しく従魔に迎えたのが、このゴン爺です」

微妙な空気の中、勢いで〝アーク〟の面々にゴン爺の紹介をする。

『儂は主殿以外はどうでもいいんじゃがのう』

「ちょっとゴン爺、そういうことは言わないの！」

ほらぁ、〝箱舟《アーク》〟の面々が口元ヒクつかせてるじゃんか。

最年長なんだから、もうちょっと空気を読んでよー。

さらに微妙な空気になっちゃったじゃないか。

どうすんだよ、これ。

えーと、えーと……。

「そ、そうだ、な、中で落ち着いて話しませんか？」

やっと思いついたのがこの言葉。

俺たちは、冒険者ギルドの中に併設されている食事処《しょくじどころ》で話をすることになったのだった。

◇◇◇◇◇

注文したぬるいエールを飲みながら、早速話し始める。

「で、ムコーダさんは何でこの街に？」

「ええとですね……」

ガウディーノさんの問いに、かくかくしかじかと魔道コンロが壊れた経緯と、それを新調しにこの街へとやってきたことを話した。

もちろんルバノフ教総本山を潰したことは内緒だ。

「〝ウラノス〟とはねぇ」

「また、とんでもない所に行ってたんだな……」

「まぁ、ムコーダさんたちならありっちゅうことじゃろうて」

ガウディーノさんもギディオンさんもシーグヴァルドさんも、呆《あき》れたようにため息をついてから言うのやめてくれませんかね。

俺は断固拒否してたんだから。

「ムコーダさん、そういやブリクストのダンジョンも踏破したんだよな？」

ギディオンさんがそう言うと、ガウディーノさんとシーグヴァルドさんが「そうだ、その話もあったな」と頷いている。

「ええ。フェルたちの強い希望でブリクストのダンジョンへ」

みんな三度の飯と同じくらいにダンジョンが好きだからね。

皆さんからいただいた転移石が大活躍でしたよ。

ハハハ……。

苦笑いしながらみんなを見ると、ご機嫌でカニクリームコロッケをパクついていた。

俺たちがエールを注文したときに、フェルに念話で『我らにも何か出せ』と強請《ねだ》られて、冒険者ギルドの中ということもあり、あまり匂いの強いものも出せずに、保管してあった料理の中で一番匂いの少ないカニクリームコロッケを出すハメになったのだ。

虎の子で残しておいたってのに……。

ちなみにだが、フェオドラさんも俺たちの話そっちのけでご機嫌にカニクリームコロッケをパクついている。

フェルたちにカニクリームコロッケを出していたら、フェオドラさんが指をくわえてめっちゃ食いたそうに凝視してくるんだもん、無視できないじゃん。

ま、それはいいとして、俺たちのことよりもガウディーノさんたちのことだよ。

「皆さんこそ、どうしてこの街に？」

「俺たちは護衛だよ、護衛」

ガウディーノさんの話によると、俺たちと別れた後しばらくエイヴリングのダンジョンで探索を続けていたそうだ。

そこで、そこそこの成果もあげて、そろそろ他の街へ移ろうかと考えていたところに、顔見知りの商人からの依頼があり、この街までの護衛任務に就いたそうだ。

「しばらくこの街で活動するんですか？」

「それがなぁ……」

渋い顔で歯切れが悪いガウディーノさん。

「俺たちパーティーは水系の魔物とは相性が悪いんだよ」

ギディオンさんが代わりにそう答えた。

なるほどね。

この街での冒険者の活動の場と言えば、エレメイ川ってことになるもんな。

「苦戦するほどのこともないじゃろうが、それ以外にも、この街はあまり治安が良くないと聞くしのう」

そう言いながら、隣でご機嫌にカニクリームコロッケをパクつくフェオドラさんをチラリと見るシーグヴァルドさん。

あぁ～、その仕草だけで何となく想像ついた。

孫もいるフェオドラさんだけど、見た目だけはピッチピチの美人エルフだもんなぁ。

治安がよろしくない場所だと、それだけで面倒ごとに巻き込まれそうだ。

「ということは、違う街へ移動するってことですか？」

「そう考えてはいるんだけど、次をどこにするかがいまいち決まらなくてなー」

「王都やドランはどうかって話もでたんじゃが、儂らにとっちゃどうも新鮮味に欠けるっちゅうかのう」

「そうそう。もう何回も行ってるしな～」

ガウディーノさんもギディオンさんもシーグヴァルドさんも思案顔だ。

「そうだ！　参考に聞くが、ムコーダさんたちはこの後どうするんだ？」

思いついたようにギディオンさんがそう聞いてくる。

「俺たちもこの街での用は済ませたので、明後日《あさって》くらいには家に戻ろうかなって考えています」

一番の目的だった魔道コンロも無事手に入れたし、明日パパッとお布施&寄付を済ませて、明後日にはカレーリナに向けて出発できたらいいな。

んん?

3人とも不思議そうな顔してるけど、俺の答えおかしかった?

「「「家?」」」

不思議そうな顔をしている3人の声がハモる。

「ええ。皆さんと別れた後に、カレーリナの街で家を購入したんです」

「マ、マジか……」

「拠点持ちかよ……」

「うらやましい限りじゃのう……」

3人のうらやましげな視線にちょっぴり優越感。

冒険者で持ち家があるってのは、さすがに少ないか。

これも何だかんだ言いつつ稼いでくれるうちのみんなのおかげだね。

「そうだ、皆さんもカレーリナに来ませんか? 部屋が余ってるくらいなので、宿は家を使ってもらってかまわないですし。カレーリナは良い街ですよー」

〝アーク〟のような高ランク冒険者パーティーがいることは、その街の冒険者ギルドはもちろんのこと、街にとっても良いことなので勧誘してみる。

いつも世話になっているカレーリナの冒険者ギルドのギルドマスターへ、ほんのちょっとだけど恩返しにもなるしね。

「カレーリナか～。そういやいつも通り過ぎるだけで、落ち着いて街に滞在したことはないな」

「考えてみりゃあ確かに」

そんなことを言い合うガウディーノさんとギディオンさん。

「うむ。カレーリナの街、いいかもしれんな！　そうしようぞ！　ムコーダさんもいるしのう」

シーグヴァルドさんはもろ手を挙げて大賛成だ。

何故かフェオドラさんもコクコクと何度も頷いている。

というか、フェオドラさんも一応話は聞いてたんだね。

「まったくお前らは欲望に忠実だな～」

「本当だぜ。シーグヴァルドはムコーダさんが美味い酒持ってるからだし、フェオドラはこれでムコーダさんの美味い飯にありつけると思ってるんだぜ」

「バレてるか。しかしのう、ムコーダさんに飲ませてもらった美味い酒はなかなか忘れられんぞ。あれは本当に美味かった」

そう言ってシーグヴァルドさんは腕を組んで目をつむり、酒の味を思い出しているようだ。

「美味しいご飯、最高！」

俺も聞いたことのないしっかりとした声でそう言うフェオドラさん。

ホント、欲望に忠実過ぎるこの2人に思わず苦笑いだ。

ま、酒と飯くらいなら、出してやるのもそれほど苦ではないけどね。

そんなことを〝アーク〟の面々と話していると……。

『おい、家に帰ると言っているようだが、我らは帰らんぞ』

「え？　フェル、何言って……」

『主殿、そういうことじゃ。儂もフェルから聞いたのじゃがのう』

「そういうことじゃって、ゴン爺まで何言ってんの？」

『我らが今から向かうのは、ダンジョンだ』

「…………は？　いやいや、俺、聞いてないし」

この後の予定は、家に帰るものだと思ってたぞ。

「おいおいムコーダさん、どうなってんだ？」

話の流れに困惑している〝アーク〟の面々。

困惑しているのは俺も同じだ。

だってダンジョンに行くなんて聞いてないし。

『ヒャッホ〜！　話では手付かずのダンジョンなんだよな。めっちゃ楽しみ〜』

『ダンジョン、ダンジョン♪　ダンジョンはスイにおまかせ～♪』

ドラちゃんとスイも知っていたらしく、念話で聞こえてくる声がめちゃくちゃ楽しそうだ。

……ん？

ちょっと待て、手付かずのダンジョン？

…………。

「あーーーっ！」

『フハハ、思い出したか。この前の街で聞いた話だ。手付かずのダンジョンなどという面白い話、我が忘れるわけがなかろうが』

くっそー、思い出した！

ブリクストの街でお布施&寄付巡りをしたときに、戦神ヴァハグン様の教会で聞いた話！

群雄割拠の小国群にある手付かずのダンジョン話だ。

『ここから近いのだろう？　その小国群とやら』

ニヤリと笑みを浮かべたように鋭い歯を見せて、俺に詰め寄るフェル。

行く気満々じゃん、こいつ～。

ゴン爺も面白そうだと思っているのか全く反対してないし、ドラちゃんとスイに至ってはもう楽しみでしょうがないって感じだ。

「小国群のダンジョンか」

「しかも手付かずのダンジョン」

「お宝が眠ってそうじゃのう」

「美味しい食材があるかも」

〝アーク〟の面々は、俺とフェルたちとの会話で話の内容を理解したようだ。

しかも、冒険者魂が疼《うず》いたのか（若干フェオドラさんだけ方向性がアレだけども）、〝アーク〟の面々も目を爛々《らんらん》と輝かせている。

『ふむ、お主らも分かるか』

偉そうに〝アーク〟の面々にそう聞くフェル。

「ええ。手付かずのダンジョンとは、非常に面白そうですね」

そう言うガウディーノさんに、ギディオンさんもシーグヴァルドさんもフェオドラさんも同意している。

『お主らも我らに付いてくるか？』

「いいのですか？」

『此奴《こやつ》の知り合いだろう？　それならばかまわん』

「それでしたら、是非ご一緒させてください」

『我も入ったことのないダンジョンだ。心して付いてこいよ』

「望むところです」

『フハハハハハ、楽しみだ』

「ハハハハハハ、本当に」

ちょっとちょっとちょっと、なに意気投合しちゃってるんだよ！

というか、〝アーク〟の面々、即決ってどういうことだよー！

◇◇◇◇◇

何故か〝箱舟《アーク》〟の面々と一緒にダンジョンへ行くことが決まっていた件。

はぁ～、もうなんでこうなるんだよ～。

この街で借りている家へと向かう俺たち一行と〝アーク〟の面々。

俺以外は楽しそうにワイワイガヤガヤと盛り上がっている。

ガウディーノさんたち、フェルと意気投合してたのに、いつの間にか『どうでもいい』とか言っていたゴン爺とも仲良くなってるし。

しかも、念話が通じないはずのドラちゃんとスイともそれなりに仲良くなっているのが意味不明。

共通の話題のダンジョンって、そこまでさせるものなのかよ。

ってか、いつの間にか〝アーク〟の面々を家に泊めることになってたしさ。

フェルが、俺の用が済んだらすぐにダンジョンに向かうから、家に来いとかなんとか言ってすんなり決定。

ガウディーノさんたちもダンジョンに付いていく気満々だから、断らないんだもん。

冒険者ギルドでその話が出たときは、飯目当てのフェオドラさんなんか拳を突き上げてたし。

俺もカレーリナの街に来たら家に泊まってくれてもいいって言った手前、この街で借りてる家には泊めませんなんて言えないしさ。

まったく、なんでこんなことになってるんだよ～。

そもそもダンジョンなんて散々行ったじゃん。

ドランにエイヴリングに肉ダンジョンにブリクスト。

しかも、みんな踏破してるんだぞ。

十分だろうが。

それなのにまたダンジョンだなんてなぁ……。

俺以外は行く気満々で盛り上がっちゃってるし。

もうどうにでもなれって気分だよ。

◇　◇　◇　◇　◇

「まったくもう、みんないい気なもんだよ……」

只今《ただいま》キッチンでワニ肉を使った夕飯の準備中。

家に帰り着いた途端に、フェルが『よし、飯だ。景気付けにワニ肉を食うぞ』とか言い出してさ。

景気付けもなにも、最初っからワニ肉を食うつもりだっただろうに。

しかも、フェルってば〝アーク〟の面々に偉そうに『お前らにも食わせてやろう』なんて言うし。

ガウディーノさんとギディオンさんはノリがいいのか、それに対して「ゴチになりまっす」とか言っちゃうしさ。

シーグヴァルドさんも厳《いか》つい顔に笑みを浮かべて「馳走《ちそう》になるわい」とか言うし、フェオドラさんなんて小躍りしてたよ。

ゴン爺はゴン爺で『主殿の飯、心して食うんじゃぞ』とか言うしさ。

心してって、ゴン爺こそ最初っから俺の飯ガツガツ食ってましたけどねぇ。

ドラちゃんとスイだけは『ワニの肉ってどんな味すんだろな?』『楽しみだね～』なんてやり取りしてて、ほっこりさせられたよ。

まぁ、どのみち夕飯は作んなきゃならないからってんで、俺はそのままキッチンに直行してきたってわけ。

ダンジョンの話で盛り上がるだろうみんなから逃げてきたって話もあるけどね。

ったく、なんでみんなあんなにダンジョンが好きなんだろうね。

一発当てればデカいんだろうけど、危険を冒してまでダンジョンに行きたがる気持ちが俺にはさっぱりわからんよ。

そんなことは置いておいて、みんながご所望のワニ肉料理を作っていきますか。

まずは味見だな。

タイラントブラックアリゲーターはどんな味なのやら……。

ワニ肉って鶏肉《とりにく》に似てるって聞くけど、実際はどうなのかね。

軽く塩胡椒《こしょう》をして焼いて試食してみた。

こっちに来てからヘビだのなんだの（というか、そもそもが向こうの世界にない魔物ってくくりだしね）食ってきたから、今更躊躇《ちゅうちょ》はしない。

ということで、パクリ。

「ふむ……。確かに鶏っぽい味だな。白身魚っぽくもあるし、なんにしろクセのない淡泊な味わいだ」

〝アーク〟の面々もいるし、ここはオーソドックスな料理がいいだろう。

そうなるとやっぱりから揚げは外せないな。

前にも〝アーク〟の面々に振る舞って大好評だったし、フェルたちもから揚げは大好きだからな。

から揚げでも、この肉ならば醤油ベースの味の方が合うかもしれない。

その代わりトッピングでマヨやレモン、七味、ネギソースなんかを用意しよう。

そうすれば、いろんな味変を楽しめるし。

あとは無難だけど、ソテーにするか。

割と淡泊な味わいの肉だから、濃厚なクリームソースにしよう。

ソースの具にはキノコがいいな。

メニューが決まったら、まずはネットスーパーで買い物だ。

あれとこれとこれを買って………、よし、ＯＫ。

準備ができたら、最初にやるのはから揚げの仕込みだな。

ワニ肉を切って、いつもの醤油ベースのタレに漬け込んでおく。

その間に、トッピングのネギソースとソテーの調理だな。

ネギソースは、超簡単。

ボウルにみじん切りにしたネギを入れて、そこにニンニクとショウガのみじん切り（瓶に入った市販のもので全然ＯＫ）、酢、醤油、水、砂糖、ゴマ油を入れて混ぜ混ぜ。

今回、酢は黒酢を使ってみたけど、まろやかな酸味でイイ感じだ。

ネギソースが出来たら、次はソテーだ。

まずは、クリームソースに使うキノコを切っていく。

シメジは石づきを切ってほぐして、マッシュルームは石づきを切って薄切りに。

それが終わったら、手のひら大に切ったワニ肉に少し切り込みを入れて、塩胡椒を振り軽く小麦粉をまぶしておく。

それを、熱したフライパンに油をひいて焼いていく。

両面がこんがり焼けて中まで火が通ったら、いったんワニ肉を取り出しておく。

思ったよりも脂が出なかったので、脂は拭かずにそのままのフライパンにバターを溶かしてシメジとマッシュルームを炒《いた》めていく。

シメジとマッシュルームがしんなりしたら、塩胡椒を振り軽く炒め合わせたところに白ワインを加える。

白ワインのアルコールが飛んだら、生クリームとチキンコンソメスープの素（顆粒《かりゅう》）を加えてとろみがつくまで煮つめていく。

最後に塩胡椒で味を調えたらキノコのクリームソースの出来上がりだ。

今回はしないけど、粉チーズを加えてもより濃厚かつクリーミーになって美味いぞ。

あとはワニ肉のソテーを皿に盛って、たっぷりとキノコのクリームソースをかければ……。

「キノコクリームソースのワニ肉ソテーの完成！」

うむ、いい出来栄えだ。

孤独の料理人の恩恵で大量に作り上げたキノコクリームソースのワニ肉ソテーは、アイテムボックスに一時保管して、次はから揚げを揚げていく。

今回はカラッと二度揚げ。

中温で揚げたあと、仕上げに高温で揚げる。

どんどんどんどん揚げていき、黄金色のから揚げが積み上がっていった。

「こんなもんかな。よし、これで準備完了」

出来上がった料理をアイテムボックスにしまい、リビングで今か今かと夕飯を待っている食いしん坊カルテットと〝アーク〟の面々（というかフェオドラさん）の下へ。

「みんな、出来たぞ～」

大量に食うフェル、ゴン爺、ドラちゃん、スイにはそれぞれキノコクリームソースのワニ肉ソテーを盛った大皿とから揚げをこんもりと山のように盛った大皿を出してやった。

〝アーク〟の面々と俺には、キノコクリームソースのワニ肉ソテーの皿を個々に、から揚げは大皿に盛って好きなだけ取ってもらうようにして、ネットスーパーで大量に買ったバターロールも籠に盛ってこれも好きなだけ取ってもらうようにした。

から揚げのトッピングもレモン、マヨネーズ、七味、ネギソースをご用意。

「今日はタイラントブラックアリゲーターの肉を使ったから揚げとソテーです。どうぞ」

俺がそう言う前から、食いしん坊カルテットはガツガツムシャムシャ食い始めている。

『うむ。やはりから揚げは美味いな』

『こちらの白いのが掛かっている方も悪くないぞい』

『ああ。濃厚な味がワニ肉と合ってるな！』

『どっちも美味しいね～』

オーソドックスなメニューにして正解だったな。

「あ、そうだ。今回、から揚げには、いろいろかけて違った味を楽しめるようになってるからな」

『早くそれを言え！』

即行で一皿ペロリと平らげたフェルがそう言うが、どうせおかわりするじゃんか。

『おかわりだ！』

ほらね。

『よし、かけろ』

とりあえずイチオシのネギソースをかけて出してやったよ。

それを見ていた、ゴン爺とドラちゃんとスイも次々とおかわりと言うので、フェルと同じネギソースをかけたから揚げを出してやった。

そして、〝アーク〟の面々も実に美味そうに食っている。

最初は、タイラントブラックアリゲーターの肉と聞いて（高級過ぎて）ビビっていたようだけど、どうぞどうぞと勧めてようやく手を付け始めたよ。

某一名、食いしん坊エルフさんは、遠慮なくから揚げを山盛り取っていたけど。

そして……。

「みなさんにはこれですよね」

栓を抜いた瓶ビールを、ガウディーノさんとギディオンさん、そしてシーグヴァルドさんの前に置いた。

「おお、ありがたい！　さすがムコーダさん。分かってるね～」

「ホントホント。ありがとな、ムコーダさん」

「く～、ムコーダさんの酒がまた飲めるとは、ありがたいもんじゃ」

3人ともめっちゃ嬉《うれ》しそうだ。

今回は、俺自身も飲んでみたくて、リカーショップタナカでギフトセットになっている、ちょっといいやつを買ってみた。

いつもはアグニ様にお供えするだけだったけど、お客様もいるし、たまにはいいかなって思ってさ。

ちなみにフェオドラさんにはサイダーを渡してある。

フェルたちに注《つ》いでやっていたら、エルフのグルメセンサーが反応したのかジーッと見てくるんだもん。

だからフェオドラさんにも注いでやったよ。

早速サイダーを飲んで目をキラキラさせてたけどね。

「ク～、美味い！」

「美味すぎる！ってかよう、俺たちがいつも酒場で飲んでる酒は何だったんだろうなぁ」

美味そうにビールを飲むガウディーノさんとギディオンさんを見て、俺もビールを飲んでみる。

おお、確かに美味い。

香りもいいしコクがある。

たまにはこういうビールもいいかも。

「プッハ～、美味い！　もう一本！」

「おいおい、飲むのが早いぜシーグヴァルド」

「しょうがないじゃろ！　このビールは美味すぎるわい！」

「確かに美味いけどさ～、美味いからこそ、もうちっと味わって飲めよ」

「しっかりと味わっとるわい。酒を味わいながらたくさん飲むのがドワーフっちゅうもんじゃい」

「まぁまぁまぁまぁ。どうぞ」

シーグヴァルドさんに追加のビールを出してやる。

「おお、すまんのうムコーダさん」

受け取ったビールを早速グビリと飲むシーグヴァルドさん。

しかし……。

「みなさん、ビールばっかり味わってますけど、ビールの最高のお供のから揚げがなくなっちゃいますよ」

俺がそう言うと、ガウディーノさん、ギディオンさん、シーグヴァルドさんの視線がから揚げの皿へと注がれる。

中央に置いてあった皿に山盛りにあったから揚げは、既に半分以下になっていた。

「おーいっ、フェオドラっ、お前食い過ぎだ！」

「そうだ！　つうか両手持ちで食うのは反則だろ！」

「そうじゃそうじゃ、お前は１人で食い過ぎじゃわい！」

３人の突っ込みにも動じないフェオドラさんは、両手に持ったフォークに突き刺したから揚げを、交互に何食わぬ顔をして食っている。

「あーもうっ、美味いものを目の前にしたフェオドラに何を言っても無駄だ。全部食われる前に、俺たちも食うぞ」

競うようにから揚げを食い始めたちょっと子どもっぽい〝アーク〟の面々に笑ってしまう俺。

そんな感じで、いつもより賑《にぎ》やかで楽しい夕飯の時は過ぎていったのだった。

第六章　まだ見ぬダンジョンへ、出発！

本日の俺たち一行は、ロンカイネンの街の教会と孤児院巡りだ。

ここのところ恒例になっているお布施&寄付回りだな。

俺たちはそんな感じで、〝箱舟《アーク》〟の面々はというと、次はダンジョンだってことで、その準備の買い物へと出かけている。

今朝、みなさんがダンジョンに行く準備としていろいろ買い物に出かけるっていうんで、食事は俺が担当するんで食料品は買いこまなくていいですよって伝えたときの、〝アーク〟の面々の喜びようったらなかったよ。

そんなに俺の飯を食えるのが嬉《うれ》しいのかなって思ったら、よくよく聞いてみると、もちろんそれもあるけど、何よりダンジョン探索で一番の荷物になっていた食料品が丸っとなくなるってことに喜んでいたようだ。

〝アーク〟では、ダンジョンに向かうときの荷物は個々で持つ最低限の荷物以外、フェオドラさんのアイテムボックス頼りだったそう。

フェオドラさんのアイテムボックスは、エルフのものとしては少し小さめなものらしい。

時には1か月以上にも亘《わた》るダンジョン探索だ。

その食料だけで、アイテムボックスの大半が占められてしまうという。

しかも、その食料も味は二の次で、干し肉やら硬いパンなど日持ちするものが中心になってくるそうだ。

そして、その他の空きに予備の武器やらポーション類、それから潜るダンジョンに合わせて必要になりそうな細々したものを詰め込むと隙間もないくらいいっぱいいっぱいになってしまうとのことだった。

ドランのダンジョンのときに、冒険者ギルドでダンジョンに潜る際の食料の大切さは聞いていたけど、実際に冒険者であるみなさんから聞くと、その重要性や切実さがさらに伝わってきた。

それでもガウディーノさんは、「アイテムボックス持ちのメンバーがいるうちは、恵まれてるけどな」と言っていた。

加えて、「儂《わし》らは個々に飲料水用の魔道具を持っているのもデカいのう。早々に手に入れて正解のアイテムじゃった」とシーグヴァルドさんがしみじみ話していたけど、確かにそうだ。

人間、食料だけでは生きていけないもんな。

水も必要だ。

飲料水用の魔道具を所持していない冒険者は、水を樽《たる》に詰めて持っていくという話だから、シーグヴァルドさんがしみじみと話す気持ちも分かるというものだ。

確か、普通の水魔法の水は飲料水にはできないってフェルが言ってたから、水魔法ができるメンバーがいれば水問題は即解決というわけでもなさそうだしね。

うちは加護持ちばかりだから、その辺は心配する必要がないけど。

俺のネットスーパーもあるし。

普通って言ったらあれだけど、〝アーク〟のような冒険者からの話はいろいろと勉強になることが多かったよ。

メンバーにアイテムボックス持ちがいない場合は、マジックバッグ頼りになるそうだけど、ダンジョンで運良くマジックバッグを見つけられればいいけど、そうでない場合は当然購入するしかない。

そうなれば購入資金に大金が必要になるわけだ。

しかも、マジックバッグ自体がそれほど市場に出ていない現状もある。

アイテムボックス持ちのメンバーがいない冒険者にとっては、マジックバッグはダンジョン探索には必需品と言ってもいい代物で、取得した場合もなかなか売りには出さないそうだ。

そういうわけで、ダンジョン探索をする冒険者もなかなか大変なのだそう。

ギディオンさん曰《いわ》く「アイテムボックス持ちのメンバーがいるかどうか、マジックバッグを持っているかどうか、その辺が冒険者としてCランクを超えられるかどうかにも関わってくるからなぁ」とのこと。

やはり、レベルを上げるにはダンジョンが一番だそうで、一定期間ダンジョンに潜れるかどうかが強さにも大いに関わってくる。

強さに関わってくるということは、すなわち冒険者ランクにも大いに関わってくるということだ。

マジックバッグ、うちにはいくつもあるけどね。

フェルたちが狩りをするときの獲物回収用に必要だからさ。

まぁ、必要なもの以外は買い取りに出しているけど、みなさんからの話を聞いて、これからもそうしようと思った。

とにかくだ、世間では高ランク冒険者に分類されるAランク冒険者パーティーの〝アーク〟の面々でさえこんな感じだとは、冒険者稼業ってのも世知辛いものだ。

なんにしてもガウディーノさんたちの話を聞いていて、「俺ってかなり恵まれているな」としみじみ思ったよ。

ま、そんな話を朝飯がてらに話して、その後にそれぞれの用を済まそうと街へと繰り出してきたってわけだ。

オーソンさんから事前に聞いていた情報で、この街には風・土・火・水の女神様と、小国群に近いこともあって割と大きい戦神様の教会があることが分かっている。

お布施&寄付回りの後には、ご本人たちというか、神様たちへのお供えの仕入れ作業をする予定だ。

ダンジョンに行く前にお供えをしておかないと延び延びになりそうだから、この際済ませてしまおうと思ってね。

それこそ神様たちも切実に待っていらっしゃるから、日程が延びると面倒臭くなりそうだし。

ということで、昨日のうちに神様たちからリクエストも聴取済みだ。

いつもと同じリクエストではあるけど、品数があるからねぇ。

仕入れ作業をするためにも、お布施&寄付回りをさっさと終わらせますか。

まずは、ここから一番近い土の女神キシャール様の教会からだ。

「みんな、土の女神様の教会から行くよ」

◇　◇　◇　◇　◇

「思ってたよりも時間がかかったけど、次の戦神様の教会で最後だな」

『さっさと済ませて帰るぞ……』

『うむ。それがいいのう……』

げんなりした様子のフェルとゴン爺《じい》。

『おいおい、フェルもゴン爺も大丈夫か～？』

『大丈夫～？』

フェルとゴン爺に乗ったドラちゃんとスイから声がかかる。

『彼奴《あやつ》ら、鬱陶しいのだ……』

『使徒様、使徒様とのう……』

そうつぶやくフェルとゴン爺に苦笑い。

最初はちやほやされてイイ気になっていたくせに何を言ってるんだか。

ルバノフ教の例の一件で、フェルとゴン爺は創造神デミウルゴス様の使徒認定されているらしく、訪れた女神様たちの教会でもえらい騒ぎだったのだ。

デミウルゴス様との話し合いで、四女神等ほかの宗教の主要な教会関係者には声が届くようになってなっていたから、ルバノフ教の例の一件は筒抜けだったからねぇ。

最初に向かった土の女神様の教会からして一番偉い司祭様をはじめ、教会関係者がずらりと勢揃《せいぞろ》いでフェルとゴン爺の前に膝を突いて、そりゃあもうすごかった。

フェルとゴン爺も悪い気はしていない様子だったから、ついつい俺もノリでお布施&寄付を「使徒様より」って渡しちゃったもんだからさ……。

もうえらい騒ぎだよ。

司祭様は嬉し泣きというより、号泣だもん。

教会関係者に囲まれて、なかなか帰れないしで大変だった。

ようやく次に向かった水の女神ルカ様の教会でも、同じように熱烈な歓迎を受けてなかなか帰れなかったしさ。

それにさ、ここでも使徒名義でお布施&寄付をしたから、また騒ぎになったし。

だって土の女神様の教会で使徒名義でお布施&寄付をしてあれだけ大騒ぎになったわけだろ。

いきなり俺名義でなんてしたら、それはそれで大問題になりそうな予感がしたからさ。

そんなわけで水の女神様の教会でも、最後は教会関係者に囲まれてなかなか帰れなかった。

それでも「次に行くところがあるので」って強行突破したんだけど、次に向かった風の女神ニンリル様の教会でも同じようなことになって、さらにその次の火の女神アグニ様の教会でも同様のことが。

教会関係者の〝使徒様〟猛攻勢には、さすがにフェルとゴン爺もげんなりしてしまったというわけだ。

そして、ようやく最後の戦神ヴァハグン様の教会。

中へ入ると、筋骨隆々のむさくるしい男どもが片膝を突いて左腕を胸にあてていた。

「使徒様、ようこそおいでくださいました」

中央にいた無精ひげが似合うひときわムキムキの中年男性がそう声を上げた。

『『う、うむ』』

先ほどまでの女神様たちの教会とは違った歓迎の仕方に少々戸惑い気味のフェルとゴン爺。

俺もではあるけど、今回はあくまで付き添いみたいな感じになっちゃってるから一歩引いた感じで見ているからね。

「我らは戦神の信徒、一つの言葉をいただくよりも一戦交えることこそが誉れ。是非とも私と」

おお〜、このおっさん、フェルとゴン爺にビビらず一戦申し込んだよ。

しかし、いきなり一戦申し込むとは血の気が多いな。

争いごとが多い小国群に近いことも影響してるのかね。

そんな風に考えていると、フェルとゴン爺が満更でもない顔をしていた。

『ほう』

『ふむ』

そう言ってフェルとゴン爺が見合う。

『して、どちらと闘《や》り合いたいのだ？』

フェルがそう聞くと……。

「是非とも古竜《エンシエントドラゴン》様と」

おっさんはゴン爺を凝視していた。

す、すごい目力だ。

おっさんの返答を聞いて、少々不貞腐《ふてくさ》れるフェル。

『いいじゃろう。かかってくるがよい』

ゴン爺はノリノリでおっさんにそう告げる。

それと同時に、ゴン爺に乗っていたドラちゃんが俺の方へと飛んでくる。

『なぁんか面白いことになったな』

ドラちゃんはそう言うけど……。

「ゴン爺、ケガさせるなよ。ほどほどにな」

そう念話でゴン爺に伝えると、『分かっておるわ、主殿。だいたい此奴《こやつ》程度では儂に傷一つ付けられん。ただ、それが分かっていても儂に挑むその気概に応えてやるくらいはいいかと思っての う』とのことだった。

そして、ゴン爺に挑むべく、ムキムキの無精ひげのおっさんが前に出てくると、それに続くように今度はムキムキのスキンヘッドのおっさんが声を上げた。

「私はフェンリル様に挑みたい！」

『フッ、いいだろう』

スキンヘッドのおっさんに、余裕でそう答えるフェル。

その時点でフェルに乗っていたスイを念話でこちらに呼び寄せた。

『あるじー、フェルおじちゃん戦うのー？』

「そうだよ」

『いいなぁ～。スイもやりたい』

「うーん、今回はフェルおじちゃんが戦いたいって言われてるからね。スイは、ダンジョンでね」

この後のダンジョンは回避できなそうだからね～。

『ダンジョンー！　うんっ、スイ、ダンジョンでいーっぱいビュッビュッてやってやっつけるんだ〜』

「ハハハ、そうしなね」

はぁ〜、スイちゃんまたダンジョンで張り切っちゃいそうだね……。

「そうだ、フェルもケガはさせるなよ」

フェルにも念話で念押しすると、こちらも『分かっておる』と返ってきた。

無精ひげのおっさんが槍《やり》を構える。

スキンヘッドのおっさんはバスタードソードを構えた。

周りにいるむさ苦しい戦神の信徒たちは、固唾を呑んで2人を見守っている。

「いざっ」

「勝負！」

無精ひげのおっさんはゴン爺へ、スキンヘッドのおっさんはフェルへと向かっていった。

そして……。

ゴン爺は微動だにしないまま、頭で無精ひげのおっさんの鋭い突きを受ける。

フェルはその場を動かないまま、前脚の爪1本でスキンヘッドのおっさんの斬撃を受けた。

ガキンッ――――。

スパッ――――。

無精ひげのおっさんの槍は、穂先からグチャッと潰れてしまった。

そして、スキンヘッドのおっさんのバスタードソードは中ほどからスパッと切断されてしまった。

呆然《ぼうぜん》とする2人のおっさん。

そして、あんぐりと口を開けたむさ苦しい信徒たち。

いやいやいや、腕に自信があったんだろうけど、相手、古竜《エンシェントドラゴン》とフェンリルだぞ。

とは言っても、さすがにこの状況はいたたまれないな。

などと思っていたら、フェルとゴン爺からの念話が入る。

『お、おい、今すぐ帰るぞっ』

『う、うむ。それがいいのう』

何やら焦った様子のフェルとゴン爺。

キョロキョロするフェルとゴン爺の視線を追うと……。

建物の陰や植木の陰からキラキラした目でフェルとゴン爺を見つめる子どもたちがいた。

はは～、子どもたちに集られる前に逃げようってことか。

ま、今回はそれに乗ってあげるか。

ということで、「使徒様からです」とお布施&寄付を近くにいた信徒に渡して、そそくさと戦神の教会を後にした俺たちだった。

『フゥ、助かった。小童《こわっぱ》どもは遠慮がないから苦手だ』

『確かに。儂ら相手でも臆することがないからのう』

今までにお布施&寄付で訪れた教会で散々にいじくりまわされてコリゴリしているようだ。

「別にいいじゃない子どもくらい」

『そうだぞ、子どもなんて適当にあしらっときゃいいんだよ』

『一緒に遊ぶと楽しいのに〜』

俺とドラちゃんとスイの言葉に、苦虫を噛《か》み潰したような顔をするフェルとゴン爺。

この世界で最強とも言える二大巨頭の天敵は、案外子どもなのかもしれないなと思いクスッと笑う俺だった。

◇　◇　◇　◇　◇

「さてと、やるか」

フェルたちや〝箱舟《アーク》〟の面々が寝静まった後、俺は寝る前にもう一仕事やらねばならない。

教会と孤児院巡りをした後に、神様たちからのリクエスト品は用意してある。

いろいろとあって予定していた時間より帰ってくるのが遅くなったけれど、なんとか無事に用意もできた。

まったく、教会関係者のあの使徒様攻勢にはまいったね。

そうは言っても俺はまだマシなほうだ。使徒様攻勢をまともに食らったフェルとゴン爺は相当うんざりしていた様子だったもんなぁ。

しかし、他の街でもお布施&寄付回りしたらあんな風になるのかね。

そうなったら、ちょっとやり方を考えないといけないかもしれないな。

あまりにもしつこいようだと、フェルとゴン爺が爆発しちゃいそうだし。

ま、それはその時に考えるとして、今は神様たちへのお供えだ。

明日にはダンジョンに向かうことになってるから（俺としてはもうちょっと余裕を持ってもいいと思うんだけど、フェルたちや〝アーク〟の面々がノリノリでそういう予定になってしまった）、早く寝ないとだしね。

「みなさん、お待たせいたしました～」

声をかけると、ドタドタと足音が聞こえてきた。

『待っておったのじゃー！』

『フフフ、待ってたわよ～』

『よっ、待ってました！』

『待ってた』

『おお～、待ってたぞい！』

『来たぞ、来たぞ！』

まったく騒がしい神様たちだね。

「ええと、明日は早いのでどんどんお渡ししていきたいと思います」

『また、ダンジョンに行くらしいじゃないの。次のテナントも目前ね』

この声はキシャール様か。

ってか、よく知ってるな。

また、こっちを覗《のぞ》いているのか？

『当然だぜ。お前を見るのはオレらの娯楽の一つだからな～』

これはアグニ様か。

く、娯楽とか言われてるし。

プライバシーなんてあったもんじゃないな。

神様に文句言ってもしょうがないけどさ。

『心配するな。お主のお花摘みの場面などは見てないからのう。というか、そんなもの見たくもないのじゃ』

この声はニンリル様だな。

見たくもないって、そんなら最初から全部覗かないでほしいですよ。

ったくもう。

『そんなことよりも、次のテナントは和菓子屋がいいぞ！』

そんなことよりもって、ニンリル様……。

前にも言ったはずなんだけどね、テナントは何が来るかわからないんですって。

『私はアイス屋さんがいい。絶対にアイス屋さん』

ルカ様まで～。

『おいおい、お主ら彼奴の話を聞いとらんかったのか？』

『選べるテナントは確認してみないと何が来るのかわからねぇって言ってただろ』

ヘファイストス様、ヴァハグン様、ナイスです。

「そういうことです。それに、次にテナントが解放されるのはレベル１６０ですよ。まだまだですからね」

まったくみんな気が早いんだから。

レベル１６０なんてまだまだだっての。

称号に「孤独の料理人」が付いているのを確認したときは、レベル90だったんだから、そんなに一気にレベルが上がるわけないんだよ。

「それじゃあ、どんどんお渡ししていきますからね。まずはニンリル様です」

ニンリル様のリクエストはいつものとおりの甘味。

今回も不三家の限定ケーキとどら焼きは『絶対なのじゃ！』とか宣言されていたよ。

そういうことで、今回ご用意した限定ケーキは、春の桜の花を使ったケーキ各種だ。

淡いピンク色のクリームが目にも美しい桜のモンブランに、生地に桜が使われているピンク色の桜のシフォンケーキ、そして、真っ白な生クリームの上に桜の花を象《かたど》ったピンク色のクリームがちりばめられた桜のロールケーキ。

どれもキレイで美味《うま》そうなのはもちろんなんだけど、桜の文字を見て、日本では春なんだなぁと思い、もう一度満開の桜を見たかったなと選んでいるときにちょっとしんみりしてしまったのは内緒だ。

あとはいつものように、カットケーキとホールケーキを適当に選んで、ニンリル様の大好物のどら焼きを大量に。

「それではどうぞ」

テーブルの上に置いた、甘味の詰まった段ボール箱が淡い光とともに消えていった。

『ありがとなのじゃー！　むっはー、待ちに待ったケーキとどら焼きなのじゃー！』

歓喜の声とともにベリベリッと段ボールを開ける音が聞こえてくる。

『ちょっとニンリルちゃん、ここで食べないで自分の宮に戻って食べなさいよー』

『まったくキシャールはうるさいのう〜。戻って一人でゆっくり堪能するのじゃ、フフン』

ぶつくさ言うその言葉の後に、ドタドタと足音が聞こえてくる。

どうやらニンリル様は帰っていったようだ。

周りに誰もいないのをいいことに、また早々に食い尽くしたなんてことにならなきゃいいけど。

『ホント騒がしいわね、ニンリルちゃんは。はい、次は私よ』

はいはい、分かっていますってキシャール様。

アイテムボックスから段ボール箱を取り出した。

キシャール様の分は単価が高いこともあって、小さめの段ボール箱だ。

今回もキシャール様はＳＴ－Ⅲのシリーズをご所望だ。

この高級スキンケアのシリーズにすっかり魅了されて、『私の肌にはこれじゃなきゃダメなのよ』

なんて言っていらっしゃったよ。

そして、化粧水と乳液をお買い上げ。

あとは、いろいろと美容について勉強したキシャール様のうんちくが炸裂《さくれつ》。

キシャール様曰く『お肌はね、結局保湿が一番なのよ、保湿が』とのことで、ＳＴ－Ⅲの化粧水を毎日たっぷり使うのはもちろんのこと、毎日のシートパックも効果的。

だけど、毎日となると高級なものでは続かない。

そこで、『でもね』とキシャール様の力説が。

『今はプチプラでも良いシートパックがたくさん出ていて、毎日のお手入れはプチプラのシートパックでも十分効果があるのよ！　それで、ここぞという日はお高めの美容成分モリモリのシートパックを使うというわけよ。なるほどね～と思ったわぁ』

その言葉を聞いて、こっちはキシャール様の口からプチプラって言葉が出たことに驚いたわ。

それに、神界にいるキシャール様にここぞという日なんてあるのかって思ったりね。

もちろん口には出さなかったけどさ。

それにキシャール様は『あなたの元の世界ってホント美容には気を遣ってるわよね～。すっごく勉強になるわぁ。私ももっともっと勉強しなきゃね』なんて言っていたけど、なんか、むっちゃ日本に毒されていっている気がしたよ。

美容関係一点突破だけどさ。

ま、ご本人が楽しそうだったから黙ってたけどさ。

そんなわけで、キシャール様にはＳＴ－Ⅲの化粧水＆乳液とプチプラのシートパック30枚入りのを３点購入。

シートパックはマツムラキヨミで売れてるＴＯＰ３を選んだから間違いないだろう。

「キシャール様、どうぞ」

『ありがとうね！』

ウキウキしたその声とともに、テーブルの上に置いた段ボール箱が消えていった。

『次はオレだな、オレ！』

男勝りなこの声はアグニ様。

アグニ様のご希望は、当然だがビールだ。

朝の訓練の後に飲むビールは何より格別で止《や》められないっておっしゃってたよ。

それに『これがあるから朝の訓練にも身が入るってもんだ』ともおっしゃってたなぁ。

だけど、ニンリル様とキシャール様が小声で『配下の下級神たちはいい迷惑じゃがのう』『そうよねぇ。みんな辛《つら》いってボヤいていたわ』なんて話していたけどね。

今回は、全部お任せでということだったので、それならばいろいろ飲み比べができるギフトセットがいいかなと思いそれ中心に選んでみた。

まずは、国産原料にこだわった6種類のYビスビールが入ったギフトセット。

それから、S社のウイスキーの代名詞とも言える国産ウイスキーの原酒樽《げんしゅだる》で熟成したビールをブレンドした、こだわりの詰まった高級感あふれるビールのギフトセットだ。

あとは、ビール職人がこだわって丹精込めて造ったクラフトビールの詰まったセットと地ビールのセットをいくつか。

最後は、アグニ様がチラッと『キレのあるのど越しもいいんだよな』って言ってたから、キレのあるビールといえばこれでしょってことで銀色のヤツを1箱。

重量感のある段ボール箱を3つほどテーブルの上に置いた。

「こちらでございます。アグニ様」

『お、ありがとよ！　これで明日の訓練もバッチリだぜ！』

訓練のヤル気に拍車がかかるアグニ様。

下級神様たち、ガンバ。

わずかながらエールを送っておいた。

『次は私』

ルカ様だな。

ルカ様のリクエストも前と変わらずケーキとアイスだ。

ただし、アイスが多めで。

今回もバニラアイス多めでという話だったが、他もいろいろと試してみたいとのことだった。

ルカ様は無類のアイス好きとなってしまったようだ。

ケーキはニンリル様と同じく限定のものを用意して、あとはいくつかカットケーキを。

その他は全部アイスでいってみた。

不三家のアイスはとりあえず一通り揃《そろ》えて、ネットスーパーのアイスコーナーにあったバニラも全部揃えて、残りは予算いっぱいいっぱいまでいろいろ選んでみたよ。

数も種類も文句なしのはずだ。

ケーキが入った段ボール箱と、アイスが入って冷えた段ボール箱をドドンとテーブルの上へ。

「ルカ様、こちらです」

『ありがとう。大切に食べる』

ルカ様はどこかの残念女神と違って、計画的に食ってるみたいだもんね。

いいことだ。

『よっしゃ、次は儂らじゃ』

『待ってたぜ～』

酒好きコンビことヘファイストス様とヴァハグン様だ。

お二人は前回高級ウイスキーをご所望されたのだが……。

『なんでお主の世界ではこんな美味い酒があるんじゃ。また同じものを飲みたくなるではないか』

『だよなぁ。美味すぎるんだよ。だけどよ、美味い酒は高い、高すぎる』

『そうなんじゃ。前回の６本、最上級に美味かったが、あれを頼むとウイスキーの量が足りなすぎるんじゃ！』

『でも、あの味は忘れられねぇよ！』

リクエストの時にそんな感じで言われてさ。

恨み節で言われても、俺のせいじゃないでしょうよって感じだよ。

お二人とも迷いに迷っていたみたいだけど、高級ウイスキーは諦めがたかったのか、ブルーのラベルが目印のウイスキーと国際大会で六度も金賞に輝いているという濃厚な味わいのウイスキー、チョコレートモルトと呼ばれる麦芽を使った高級感のあるデザインのボトルのウイスキーの３本は再びのリクエスト。

残りは、手ごろなウイスキーでお二人がまだ飲んだことのないものをということだったので、リカーショップタナカを見たら、カナディアンウイスキー特集をしていたのでそこから選んでみた。

カナディアンウイスキーは、それほどお二人にお渡ししていなかったと思うしね。

それで選んだのは、カナディアンウイスキーの代表格でクセがなくすっきりした味わいのウイスキーと、3回の蒸溜《じょうりゅう》の後にホワイトオーク樽で熟成されたまろやかですっきりした口当たりが楽しめるウイスキー、そして、軽やかな口当たりとリッチな甘味が楽しめるライ麦100％を原料に造られるカナダで唯一のウイスキー。

その他、特集でおすすめされていたウイスキーのほか、カナディアンウイスキーのランキングの中から手ごろな価格帯のものを選んでみた。

前回よりも本数は確保できているので大丈夫だろう。

所せましとウイスキーが詰まった段ボール箱をアイテムボックスから取り出して、テーブルの上へと置いた。

「ヘファイストス様、ヴァハグン様、お待ちかねのウイスキーです」

『ほっほー！　あんがとな！』

『久しぶりにウイスキーをたっぷり飲めるぜ！　ありがとよ！』

テンション爆上がりのお二人。

きっとこの後は飲み明かすんだろうねぇ。

ま、ほどほどに。

神様ズへのお供えが終わったら、トリは当然このお方。

「デミウルゴス様～」

『お～う』

「お供えです。どうぞ」

『ありがとうのう』

デミウルゴス様にはいつもの通り日本酒と梅酒をご用意。

大吟醸全国10酒蔵飲みくらべという10本セットがあったから、日本酒好きのデミウルゴス様にはピッタリだと思いそれを選んでみた。

そして、品種の違う梅を使った梅酒のセットがあったから、面白そうだったのでそれも選んでみた。

あとはいつものお手軽おつまみ、プレミアムな缶つまをセットで。

デミウルゴス様へのお供えの入った段ボール箱が消えてから、ちょびっとオハナシを。

「デミウルゴス様、あれから、というか、ロンカイネンの街で大変だったんですよ」

『まぁまぁ。それはそうと、いい仕事じゃったの～う、お主ら』

まぁまぁじゃないですよ。

使徒様、使徒様ってすごかったんですから。

『主要な教会関係者には儂の声も含めて、全部聞こえていたからのう。彼奴らからしたら、フェンリルと古竜《エンシエントドラゴン》は儂の使徒ということになるじゃろうのう。あながち間違ってもおらんし』

「え？　フェルとゴン爺はデミウルゴス様の使徒なんですか？　そこまでの話は聞いてなかったと思うんですけど？」

『…………さらばじゃ、さらばじゃ！』

「さらばじゃじゃなくって、ちょっとー、デミウルゴス様ー！」

ええ〜、フェルとゴン爺は使徒って、デミウルゴス様公認？

ま、まぁ、怖がられるよりはいいのかもしれないけど、なんか複雑だなぁ。

◇　◇　◇　◇　◇

そして、翌朝――。

朝飯を食い、予定より一日早いが借りていた家の鍵を商人ギルドに返却して、冒険者ギルドに挨拶をしてロンカイネンの街の外へ。

借りていた家の賃料は冒険者ギルド持ちだったから、一日分損した形になってしまいちょびっとオーソンさんの顔が引きつっていたけど、そこはちゃんと依頼をこなしたから許してほしいね。

何せうちの食いしん坊カルテットが……。

『いよいよダンジョンだな』

『儂も初めての場所だから楽しみだのう』

『ワクワクするなぁ～』

『ダンジョン楽しみだね～』

期待に胸膨らませてるからね。

そしてこちらも……。

「手つかずのダンジョンなんて、柄にもなくワクワクしてくるぜ」

「ああ。冒険者冥利に尽きるな！」

「お宝も期待できそうじゃのう」

「美味《おい》しいお肉があると最高」

〝アーク〟の面々も期待に胸膨らませてるしね。

こんな面子《メンツ》にもう一日ここに滞在しようなんて言えないよ。

『主殿、この辺でいいかのう？』

そう言うゴン爺に周りを見て、この辺ならいいかと俺は頷《うなず》いた。

『よし、それではみんな儂に乗るのじゃ』

もちろん小国群のダンジョンにもゴン爺に乗っての移動になる。

「あ、乗るのは俺たちだけなんだから、あんまり大きくなるなよ」

『うむ。承知したぞい』

俺たちのやり取りを聞いていたガウディーノさんがギョッとする。

「ちょっ、ムコーダさん、まさか古竜《エンシェントドラゴン》に乗って向かうのか？」

「ええ。それが一番早いですから」

『お主らは主殿の知り合いじゃ。遠慮なく乗れ』

ゴン爺のその言葉に恐る恐る乗り込むガウディーノさんとスタスタ乗り込むフェオドラさん。

ギディオンさんと、シーグヴァルドさんは……。

「あれ、どうしたんですか２人とも」

青い顔をしてゴン爺に乗るのを躊躇《ちゆうちよ》していた。

「あの２人、高い場所が苦手なんだよ……」

苦笑いしながらそう言うガウディーノさん。

「おい、早く乗れ。お前らがそうやってる限りダンジョンに向かえないんだぜ」

「ええーい、男は度胸だ！」

そう言って青い顔のまま乗り込むギディオンさん。

「おいっ、シーグヴァルド！」

「くっそー！　ドワーフ魂見せちゃるわ！」

そう言って短い足でゴン爺の背によじ登るシーグヴァルドさん。

『それでは行くぞ』

その声とともに浮き上がるゴン爺。

そして……。

「ウォォォォォォッ」

「ウワァァァァァァッ」

その日、ロンカイネン郊外の平原には野太い絶叫が響き渡ったのだった。

「し、死ぬかと思った……」

生まれたての子牛のように今にも倒れそうなヨタヨタとした足取りでゴン爺《じい》から降りて膝を突いたギディオンさんが、青い顔のままそう言った。

ハリウッド俳優並みのイケメンが台無しだね。

「よいしょっと！　カ～、こいつ重いったらねぇな！」

背は低いがガッチリとした筋肉の塊のようなシーグヴァルドさんを担いでゴン爺から降りたガウディーノさん。

そして、ドサリと少々乱暴に地面へと寝かせた。

シーグヴァルドさんは、ゴン爺が飛び立って早々に白目を剝《む》いて気絶してしまっていたのだ。

「2人ともだらしない」

華麗に地面へと飛び降りたフェオドラさんからの鋭い突っ込みだ。

「う、うるせぇ～。俺は気絶まではしてねぇよ！」

ギディオンさん、膝を突いたまま青い顔をして反論しても説得力ないからね。

でもまぁ、気持ちは分からないでもない。

ゴン爺に何回も乗っている俺だって、最近になってようやく慣れてきたって感じだし。

〝箱舟《アーク》〟の面々のやり取りを聞きながら、ゴン爺から降りた俺たち。

ふぅ、やっぱり地面はいいなぁ。

『よし、早速入るぞ』

『儂《わし》でも楽しめるといいのう』

『よっしゃ、行くぜ！』

『ダンジョン～！』

着いた途端にダンジョンに入る気満々のフェル、ゴン爺、ドラちゃん、スイ。

「いやいやいや、今日は止《や》めとこう」

俺がそう言うと不満そうな面々。

『何故《なぜ》だ？』

「何故って、もうすぐ陽《ひ》も落ちるだろう。今から入るより、今晩は夕飯食ってゆっくり休んで明日からの方がいいだろう。俺たちだけじゃないんだし」

そう言いながら〝アーク〟の面々を見やる。

ギディオンさんはまだ青い顔してるし、シーグヴァルドさんに至ってはまだ目を覚ましてないんだから。

『軟弱な奴《やつ》らだな』

『ケッ。ホントだぜ』

『なんじゃくー』

『儂の背に乗れたというのに失礼な奴らじゃのう。こんなことでは次は乗せてやらんぞい』

「そういうこと言わないの」

まったく、念話で聞かれなかったからいいものの声に出てたら〝アーク〟の面々というかギディオンさんとシーグヴァルドさんが落ち込んじゃうでしょ。

誰にでも苦手なものはあるもんだろ。

というか、そもそもが……。

「フェルもゴン爺も『すぐに見つけられるから大丈夫だ』とか自信満々に言ってたのに、ダンジョンを見つけるのに手間取ったからだろ」

それがあったから空の旅が長時間になったんだから。

『こ、こんな見つけにくい場所にあったのだからしょうがないだろう』

『そうじゃぞ、主殿。こんな辺鄙《へんぴ》な場所にあるのだからのう。儂とフェルがいたから見つけられたようなものじゃ』

「それは確かにそうかもしれないけどさぁ」

フェルとゴン爺の言うとおり、小国群にあるこのダンジョンは確かに辺鄙で見つけにくいだろう場所にあった。

何せ、西部劇に出てきそうな荒野の岩が重なり合った隙間に開いた穴がダンジョンの入り口だというのだから、よく見つけたなと思わないでもない。

「まぁとにかくだ、入るのは明日。いいな」

『むぅ、しょうがない』

『うむ』

「ドラちゃんもスイも、ダンジョンは明日からな」

『チェッ、しょうがねぇなぁ』

『明日か～』

入れないってわけじゃないんだからいいじゃないの。

俺としては本当は入らないほうがいいくらいなんだけどさ。

「俺は夕飯の用意するからな」

家で作ってきたストックはあるものの、ダンジョンでの食事に回したほうがいいだろうからな。

今回はちゃっちゃと手早く作ることにする。

ということで、手に入れたばかりの魔道コンロをアイテムボックスから取り出した。

「ム、ムコーダさん!?」

ガウディーノさんが驚いた声を出した。

ああ、皆さんの前で魔道コンロを出したのは初めてだったか。

「今から夕飯の準備です。うちはみんな大食いなんで、魔道コンロを持ち歩いているんですよ」

「持ち歩くったって、デカ過ぎんだろ……………」

ガウディーノさん、小声でつぶやいてるけど、しっかり聞こえてるからね。

まぁ、初めて見たら驚くよね。

こんな大型の本格的な魔道コンロを出したら。

でも、うちはこれくらいないと間に合わないんだわ。

とにかくだ、さっさと夕飯を作っちゃうか。

うちでは絶対条件の肉で簡単に作れるメニューと言ったら、やっぱり丼ものだな。

丼ものは、もはやうちでは定番メニューだし。

んで、作るのは……、よし、あれにしよう。

ゴマ香る豚キャベ丼。

すりゴマをたっぷり使ったゴマの香ばしい風味が食欲をそそる一品だ。

何よりネットスーパーで買い足すものがないメニューなので大助かり。

さすがに〝アーク〟の面々がいる前でネットスーパーを開くわけにもいかないし。

今日はみんなが寝静まったあとに、調味料とかある程度ネットスーパーで買い足しておいた方がいいかもな。

ま、そんなことはさておき、ゴマ香る豚キャベ丼を作っていこう。

肉はダンジョン豚の肉を使って、キャベツはアルバンが家の畑で育てたアルバン印のキャベツを使う。

作り方は超簡単。

キャベツを適当な大きさにざく切りにして、ダンジョン豚の肉を薄切りにしてこちらも適当な大きさに切っていく。

そうしたら、醬油《しょうゆ》、酒、みりん、砂糖、白すりゴマを混ぜて合わせ調味料を作っておくだろ。

あとは、フライパンにごま油をひいて熱したら、ダンジョン豚を色が変わるまで炒《いた》めて、次にキャベツを投入。

キャベツがしんなりしてきたら、用意しておいた合わせ調味料を入れて全体に絡むように炒め合わせて出来上がりだ。

アイテムボックスから取り出した土鍋の炊き立てご飯を丼によそい、その上にたっぷりと豚キャベすりゴマ炒めを載せて白ゴマをパラリと振りかけたら……。

「よし、完成だ」

そう言って顔を上げてギョッとした。

魔道コンロの前には、今にも涎《よだれ》をたらしそうな顔をした食いしん坊カルテットが陣取っていた。

そして、この人も。

「フェオドラさん……」

キラキラした目で完成したゴマ香る豚キャベ丼を見つめ続けている。

「はいはい、持っていくから向こうで食いましょう」

ゴマ香る豚キャベ丼と魔道コンロをアイテムボックスにしまうと、悲しそうな顔をするフェオドラさん。

今から食うんだからそんな顔しないでくださいよ。

苦笑いしながら、ガウディーノさんたちがいる方へ向かう。

「あ、シーグヴァルドさん起きたんですね。大丈夫ですか？」

「おう。なんとかなー」

まだ本調子ではない様子だけど、これを見ればすぐさま回復するだろう。

「明日からはダンジョンなんで、今日で飲み納めです」

贈り物にするようなちょっぴり贅沢《ぜいたく》な瓶ビールをガウディーノさん、ギディオンさん、シーグヴァルドさんに出してやる。

「おおっ、いいのかムコーダさん！」

「カー、こんなとこで酒が飲めるなんざ最高だな～」

「ヒャッホウ！　酒じゃー！　さすがムコーダさんじゃあ」

こんなところで酒が飲めるとは思っていなかったのか、3人ともすごい喜びようだ。

『酒か。主殿、儂もいいかのう？』

酒がイケる口のゴン爺がそう言い出した。

「しょうがないなぁ」

大きな深皿にビールを注《つ》いでやる。

1本では済まないところがアレだけど、まぁいいか。

「フェオドラさんにはこれを」

こちらもちょっぴり贅沢な瓶に入った果汁100%のリンゴジュース。

フェオドラさんは、早速ジュースをコクコクと飲んでパァッと嬉《うれ》しそうな顔をしている。

「フェルとドラちゃんとスイもジュースな」

同じく果汁100%のリンゴジュースを大きな深皿に注いで出してやった。

「そして、これが夕飯だ」

ゴマ香る豚キャベ丼を各自の前へ。

待ってましたとばかりに勢いよくがっつく食いしん坊カルテット、プラス食いしん坊エルフ。

「いただくぜ、ムコーダさん」

「美味《うま》そ～」

「この香り、この酒にも合いそうじゃのう」

「よく分かりますね。この丼、ビールにもバッチリ合いますよ」

ということで、俺も瓶ビールの栓を開けた。

そしてまずは、ゴマ香る豚キャベ丼を口いっぱいにかき込む。
ん～、美味い！
甘辛い味付けにゴマの風味が加わってなんともいえないやみつき度合い。
パクパクと丼を食い進めてから……。
ゴクゴクゴク、プッハー。
「美味い！」
ビールが合うねぇ～。
たまらん。
『おい、おかわりだ』
『儂もじゃ。あ、酒のお代わりもお願いできるかのう、主殿』
『俺もおかわり！』
『スイもー！　飲み物もおかわりー！』
空いた皿を一斉に俺に向かって押し出す食いしん坊カルテット。
「……ん！」
フェオドラさんもかい。
というか、口の周りが米粒だらけですよ。
「おい、フェオドラ～、遠慮ってもんがあるだろうが！」

ギディオンさんがフェオドラさんにそう突っ込むが、ご本人はどこ吹く風だ。

「まったく美味いものには目がないのう、此奴《こやつ》は」

「ホント、これがなかったらいいんだけどなぁ」

シーグヴァルドさんもガウディーノさんも呆《あき》れ顔《がお》だ。

「まぁまぁ。うちは食いしん坊が揃《そろ》っているんで、たくさん作ってありますから。それに、俺としては美味《おい》しそうに食ってくれるほうがいいですしね」

そう言いながら食いしん坊カルテットと食いしん坊エルフにおかわりを出してやった。

「みなさんもおかわりどうですか？」

ガウディーノさん、ギディオンさん、シーグヴァルドさんにそう言うと、遠慮気味だけどおかわりを希望していた。

そして……。

「ムコーダさん、こっちもおかわりいいかのう？」

ビールの瓶を振りながら、すがるように聞いてくるシーグヴァルドさん。

「シーグヴァルドさんにとっては、こっちがメインでしたか」

「おいおい、フェオドラのこと言えねぇじゃねぇかよー」

「そうだぜ、シーグヴァルド」

ガウディーノさんとギディオンさんは、シーグヴァルドさんにも呆れ顔だ。

「ガハハッ、いやムコーダさんの出す酒は美味いからついついなぁ～」

そんなやり取りにクスリと笑いながらシーグヴァルドさんに追加のビールを出してやった。

「明日からダンジョンなんですからほどほどにね」

「おお、分かってるわい」

そう言ってシーグヴァルドさんがゴキュゴキュとビールを喉に流し込んだ。

そして、明日から潜るこのダンジョンについて、ガウディーノさんとギディオンさんとシーグヴァルドさんは熱く語り合っている。

フェルたちも、潜る気満々で楽しそうだし……。

しかし、手付かずだったってことは、よくわかっていないダンジョンてことだろ。

本当に大丈夫なのかね？

何にもなきゃあいいけど……。

フェルやゴン爺、ドラちゃんにスイと最強戦力がいても、ちょっぴり不安になる俺だった。

◇◇◇◇◇

「この〝味噌汁《みそしる》〟ってスープはいいなぁ……」

キャベツとタマネギと油揚げの味噌汁をズズッとすすって、そう言ったガウディーノさん。

「ああ。なんかホッとする味だよな」

ガウディーノさんの言葉に同意しながらそう言うギディオンさん。

「儂はこの〝だし巻き卵〟っちゅうのが気に入った。ふんわりした食感に噛《か》んだ瞬間になんとも言えん旨味《うまみ》がジュワッとあふれ出してきよる」

だし巻き卵をパクつきながら、しみじみとそう言うシーグヴァルドさん。

「確かにこれも美味い」

先ほど味噌汁をすすっていたガウディーノさんが、シーグヴァルドさんにつられてだし巻き卵にかぶりつく。

「てかよ、ムコーダさんの飯はなんでも美味いわ」

ネットスーパーで買った市販の混ぜ込みごはんの素で作ったおにぎり（今回は高菜だ）を頬張りながらそう言うギディオンさん。

それに対して「確かに」と深く頷《うなず》くガウディーノさんとシーグヴァルドさん。

あっさりとした豪華でもなんでもない普通の朝飯だけど、そう言ってもらえると悪い気はしない。

フェルたちと同じメニューで朝から肉というのは、〝箱舟《アーク》〟の面々でもキツイだろうと思い、俺と同じあっさり朝食メニューを出している。

みんな体格が良くてよく食うから、量だけは俺の倍を出したけど。

あ、フェオドラさんは細身だけど、よく食うというか、〝アーク〟の中でも一番食うと言ってもいいくらいなので他の3人と同量にしてある。

にもかかわらず、ペロリと平らげてしまったので、追加でおにぎりを3個出してあげたところだったんだけど……。

瞬く間に無くなったぞ。

そして、今度はコカトリスの照り焼き丼を食っているフェルたちを羨ましそうに眺めている。

フェオドラさん、あっさりメニューとは言え朝からちょっと食い過ぎなんじゃないですかねぇ。

しかも、フェルたちのガッツリ肉飯まで羨ましそうに見てるってどんだけだよ。

てか、もしかして、冒険者っていう肉体派な職業柄、朝から肉の方が良かったか？

一応自分も冒険者なのを棚に上げて、そんなことを考えてしまう。

「あの、朝から肉っていうのもあれだと思って俺と同じあっさりめの食事にしたんですが、がっつり肉の方が良かったですか？」

ガウディーノさんたちに聞いてみる。

「いやいや、俺は朝はこういうあっさりめの方が好みだ」

「俺もだな」

「若いときならいざ知らず、最近は儂も朝はあっさりめがいいのう」

やっぱりそうだよなぁ。

だけど、若干1名そうじゃない方がいらっしゃるようで。

「フェオドラさんは、肉の方が良かったみたいですけど……」

フェルたちを凝視するフェオドラさんを見ながら俺がそう言うと、３人とも呆れたような顔になる。

「アイツと一緒にしたらダメだぜ。何せ朝からステーキ２人前平気で頼むような奴だからな」

「あんなに細いのに俺らよか食うしなー」

「彼奴《あやつ》の胃袋はきっと魔鉄でできているんじゃ」

いやいやシーグヴァルドさん、胃袋が魔鉄でってひどいからね。

まぁ、付き合いの長い３人がここまで言うってことは相当なんだろうってのは察するよ。

『おい、このエルフをどうにかしろ』

『儂らの飯をうらやましそうに見てるのう』

『ジーッとこっち見てきて鬱陶しいぞ』

『スイたちのご飯見て涎垂らしてるのー』

食いしん坊カルテットから苦情の念話が入ってくる。

フェオドラさん、食いしん坊カルテットにこんな苦情を申し立てられるってかなりのもんだからね。

「フェオドラさん」

フェオドラさんにコカトリスの照り焼き丼を見せた。

※フェルの足。

目の前に現れた照り焼き丼をロックオンするフェオドラさん。

照り焼き丼を動かすと、それとともにフェオドラさんの視線も移動する。

プププ、なんか面白いな。

思わずあっちこっちへ照り焼き丼を移動させる俺。

照り焼き丼を追ってフェオドラさんの視線も上下左右に動き回る。

って、こんなことをしてる場合じゃないや。

「ダンジョンに入る前ですし、食い過ぎも良くないと思いますんでこれだけですよ」

そう言うと、コクコクと何度も頷くフェオドラさん。

フェオドラさんに照り焼き丼を渡すと、幸せそうに頬張り始める。

「ムコーダさん、うちのフェオドラが迷惑かけてすまんな」

「ホント、申し訳ない」

「此奴、美味そうなものを目の前にすると梃《てこ》でも動かんからのう」

ガウディーノさんもギディオンさんもシーグヴァルドさんも苦笑い。

フェオドラさんは、照り焼き丼もペロリと平らげてしまい残念そうにしていたけど、そこはさすがにおかわりはなしで。

そんな感じでいつもより賑《にぎ》やかな朝飯の時間が過ぎていった。

そして、朝食を食べ終え少しの食休みを挟んだ後……。

『それでは、行くぞ』

『美味い肉が獲《と》れればいいのう』

『それが一番だよな！』

『スイ、いーっぱいビュッビュッてしてやっつけるんだー！』

いつものように緩い感じの俺たち一行の後に、真剣な面持ちの〝アーク〟の面々という布陣でダンジョンへと突入したのだった。

◇◇◇◇◇

「こ、これはまた……」

『なっ、水があるなんて聞いてないぞ！』

『ほうほう。こう来たか。面白いのう』

『スッゲー！　これなら魚も狙えるな！』

『お魚ー！　お肉もあるかなぁ？』

俺たちがそんな感想を言い合う中、〝アーク〟の面々は驚きの顔で絶句していた。

いつもは緩いフェオドラさんでさえも厳しい表情。

これを見たら、その気持ちも分からないでもない。

ダンジョンに入り、最初は洞窟のような感じでしばらく進むと突き当たりに階段が。

そこを下りた途端にこの光景なのだから。

辺り一面の緑と水。

前にテレビで見たことのある、世界最大の湿地帯と同じような光景が広がっていたのだから。

「湿地帯か。とてつもなく広そうだな……」

『グルルルル、草木が生えていると聞いていたのにっ。彼奴、我に嘘《うそ》をついたのか!?』

水嫌いのフェルがご立腹だ。

でもさ……。

「いや、草木あるじゃん」

『ぐぬっ。しかしなっ』

「しかしもなにも、そもそもさ、このダンジョンの話をしてくれた戦神様の教会の人だってさ、確か実際にダンジョンに入ったとは言ってなかったよな。ということはだ、伝聞なんだから嘘ってことはないだろうが」

『むぅ』

「じゃあ止めるか？　俺はそれでも一向にかまわないぞ」

というか、俺的にはこれでダンジョン探索が中止になれば万々歳だ。

『止めるわけなかろう！』

「なら我慢しろよ」

そんな感じで俺とフェルが言い合っていると……。

「ムコーダさん、話し中に悪いが、マズイぞ！　ファングボアがこっちに気付いた」

そう言ったガウディーノさんの視線の先には、デカい猪《いのしし》が歯をむき出しにしていた。

俺は思わずその猪を二度見する。

いやいやいや、猪ってあんな鋭い歯してたっけ？

「フェオドラ！　ギディオン！　シーグヴァルド！」

〝アーク〟のリーダーであるガウディーノさんが声をかける。

フェオドラさんが弓を引き、ファングボアを狙う。

ガウディーノさん、ギディオンさん、シーグヴァルドさんもそれぞれの武器を手に準備万端だ。

「プギィィィィッ」

雄叫《おたけ》びをあげたファングボアがこちらに突進してくる。

念のためにと後ろに下がりフェルとゴン爺の間の安全圏から、〝アーク〟の戦いぶりが見られると期待していると……。

『スイがやるー！』

飛び出したスイが酸弾を放った。

ビュッ――――。

スイの酸弾がファングボアの頭、それも眉間にキレイに命中した。

そして、慣性で動いていたファングボアの巨体が、ガウディーノさんたちの前でドサリと横に倒れ込んだ。

「…………」

目が点の〝アーク〟ご一行。

『わーい！　倒したー！』

ファングボアを倒してご機嫌のスイ。

……すまぬ、本当にすまぬ。

スイは空気読むの苦手なんですぅぅぅ。

こうして俺たち一行と〝箱舟《アーク》〟のいろんな意味で前途多難な合同ダンジョン探索が開始されたのだった。

◇　◇　◇　◇　◇

只今《ただいま》、絶賛ダンジョンの1階層（になるんだよな？）の湿地帯を巨大化したスイに乗り込んで探索中。

というのも湿地帯ということもあって、フェルが走破を拒否。

話し合いの中で、ゴン爺に乗る案も出されたけど、それだと魔物が出る度に着陸することになって却《かえ》って面倒になるだろうということで巨大化したスイに乗ることでまとまった。

それから、とにかくだだっ広い湿地帯なので、飛翔《ひしょう》できるゴン爺とドラちゃんのドラゴン組は先行して空の上からこれはと思う魔物を見つけたら知らせることに。

ちなみにだが、スイの横取りの件は、それはダメと説教して（前にも教えたんだけど、ダンジョンということでテンションが上がってすっかり忘れちゃってたようだ）、〝箱舟《アーク》〟のみなさんにドロップ品の皮と牙を渡してごめんなさいして和解している。

まぁ、そんな感じで始まった湿地帯の探索だ。

水鳥っぽいのはちょこちょこ見かけるけど、俺たちが近付くとすぐに飛び立ってしまうし、ゴン爺とドラちゃんからも念話が入らないから小物なんだろう。

そして、進むことしばし。

途中でカピバラっぽいのもけっこう見たけど（俺の知っているカピバラの倍の大きさはあったけども）、これもゴン爺とドラちゃんから念話が入らなかったから、たいしたことはないのだろう。

『おーい、まぁまぁの獲物を見つけたぞ』

ドラちゃんからの念話だ。

『この先の川に小ぶりだがワニがけっこうな数おるのう』

ゴン爺からの補足。

「分かった。ゴン爺とドラちゃんは待っててくれ」

そう念話を返して、まずはフェルとスイへ確認だ。

「フェルとスイは聞いたな」

『うむ。ワニか。まぁいいだろう』

『ワニさん倒すー』

あとは〝アーク〟の面々に。

「この先に川があるみたいで、そこにワニの魔物がいるみたいです」

「そうか。なら皮と牙、あとは肉のドロップが期待できるな」

「けっこうな数いるみたいなんで、二手に分かれて狩りましょう」

「そうだな。合同とは言っても、やはりそれぞれでやったほうが連係も取れてやりやすいだろう」

さすがガウディーノさん、分かってるね。

「お前らもいいな」

ガウディーノさんが、ギディオンさん、シーグヴァルドさん、フェオドラさんへと声をかけると、
3人も真剣な面持ちで頷いた。

これぞ冒険者って感じだね。

やっぱうちとは違うわ。

◇◇◇◇◇

川の手前でゴン爺とドラちゃんと合流。

しかし……。

「ワニ、いっぱいいるなぁ……」

川岸にも川にも、5メートル級のワニが数えるのも嫌になるほどたくさんいた。

ゴン爺は小ぶりって言っていたけど、全然小ぶりじゃないね。

ハハハ……。

「ほぅ、こりゃあレッドテイルカイマンじゃな」

この魔物を知っているらしいシーグヴァルドさんがそう口にした。

その名の通り、確かに尻尾のほうが赤っぽい。

でも、カイマン？

俺が間違ってなければ、カイマンって比較的小さめのワニだった気がするんだけどな。

この世界じゃこれでも小さいってことなのかね。

まぁ、これまで見てきたワニの魔物の大きさを考えるとお察しだけどさ。

「レッドテイルカイマンか。肉も皮もいい値が付くな」

「ああ。3匹は仕留めておきたいところだ」

「いや、もうちっと欲しいところだぞい。儂もじゃが、お主らの鎧《よろい》ももうそろそろ新調したほうがよいじゃろ」

「確かにな」

「そんじゃあ気張っていくか。初手はいつも通り、フェオドラだ。頼むぞ」

「分かってる」

〝アーク〟の面々の会話を横で聞いていて、これが普通の冒険者なのかって年甲斐《としがい》もなくちょっとワクワクしちゃったよ。

「ムコーダさん、それじゃあ二手に分かれてな。心配無用だろうけど、気を付けて」

「はい。みなさんもお気を付けて」

そう返すと、声をかけてくれたガウディーノさんをはじめ、〝アーク〟のみんなが軽く手を挙げてから川岸にいたレッドテイルカイマンに向かっていった。

「それじゃ、俺たちも行くか」

『こんな雑魚相手ではやる気が出んな』

『そう文句言うなって。まだまだダンジョン探索は始まったばっかりなんだしよ』

『フェルの気持ちはわからんでもないが、序盤ならこんなもんじゃろう』

ブー垂れるフェルにドラちゃんとゴン爺が言い募る。

「そうだぞ。それに、肉はいい値がつくらしいから不味《まず》くはないんじゃないか。ワニ肉ならから揚げにしても美味いし」

そう言うと、フェル、ゴン爺、ドラちゃん、スイの動きが一瞬止まった。

そして……。

『かーらー揚ーげー！』

そう叫びながらレッドテイルカイマンに突進する巨大スイ。

「ちょーっ、スイーーー!?」

急に動き出したスイから落ちないよう、必死につかまる俺。

『から揚げになるというのなら、こうしてはおれん。我も狩るぞ！』

スイから華麗に飛び降りたフェルもレッドテイルカイマンに向かっていった。

『俺らは川の中にいるやつをって、川にいるやつを仕留めても、肉は川底に沈んじまうんじゃねぇか？』

『確かに。よし、儂が捕まえて川岸に落とす。ドラは順次仕留めるのじゃ』

『了解っ！』

えー、ゴン爺とドラちゃんのその連携は何？

ドラゴンだから通じるものがあるっていうのか？

『えーーーいっ！』

ビュッ――――。

スイから伝わる振動。

「うわわわっ、スイ～」

巨体から大きめの酸弾を発射したスイ。

その酸弾がぶち当たったレッドテイルカイマンの横っ腹には大きな穴が開いていた。

「うへぇ」

そして、レッドテイルカイマンが消えた後に残されていたのは……。

『ぶぅ、お肉じゃなぁぁい』

残されていた皮にご不満のスイ。

「ほ、ほら、まだワニさんいるから、いっぱい倒せばお肉も落としてくれるよ」

『うーん。スイ、いーっぱいたーおーすー！　えーいっ、えーいっ、えーーーいっ』

スイが、川岸にいたレッドテイルカイマンに片っ端から酸弾をぶち当てていった。

夢中になっているスイから、そっと降りる俺。

「スイちゃん……」

あの可愛《かわい》かったスイはどこへ行ってしまったのだろうとちょっと物思いに耽《ふけ》る俺だった。

その先ではフェルが、こちらも手当たり次第に爪斬撃《そうざんげき》を放ちレッドテイルカイマンを屠《ほふ》っている。

ゴン爺とドラちゃんは見事な連係プレー。少し大きくなったゴン爺が両方の前脚で鷲摑《わしづか》みした
レッドテイルカイマンを次々と川岸に落とし、それをドラちゃんが氷魔法で仕留める、まるで流れ

作業のようにレッドテイルカイマンを屠っていた。

そんな感じで、狩り尽くさんばかりにレッドテイルカイマンをドロップ品に変えていくフェル、ゴン爺、ドラちゃん、スイの食いしん坊カルテット。

から揚げの一言でこんなことになるとは。

カオスだね……。

そして、そう時間もかからないうちにレッドテイルカイマンはいなくなった。

川岸には大量のドロップ品が散乱している。

「ハァ……。ダンジョン恒例のドロップ品拾い、やりますか。みんなも手伝えよー」

『当然だ。から揚げになるのだからな』

『うむ。肉は漏らさずに拾わねばならんのう』

『だな！』

『から揚げ～！』

フェルとドラちゃんにマジックバッグを預けると、フェルとスイ、ゴン爺とドラちゃんが組になってドロップ品を拾い始めた。

「さて、俺も拾うか。ったく、いつものことだけど多いよなぁ……。って、おいっ、お前ら肉ばっかり拾うなって。それ以外も一応拾っておくように！」

肉ばかり拾って、皮や牙は無視する食いしん坊カルテットに注意する。

「ったく、せっかく出たドロップ品なんだから、ある程度は回収しないともったいないだろうが」

ブツブツ言いながらも手を動かす俺。

肉に皮に牙、そしてまた肉、皮……。

黙々とドロップ品を拾っていく。

「あ〜、腰に来るわ……」

おっさんくさく腰をトントン叩《たた》いていると、背後から声がかかった。

「ム、ムコーダさん……」

振り返ると〝アーク〟の面々が。

未《いま》だ散乱する大量のドロップ品に、啞然《あぜん》としている。

「い、いや、あの、みんなが張り切っちゃったもので……」

目をそらしながらそう説明する俺。

「俺らも4匹倒して、幸先《さいさき》が良いと思ってたんだけどな……」

ギディオンさん、遠い目をしてそんなことを言われても。

「え、ええと、大至急ドロップ品を拾っちゃいますので、ちょっと待っててください」

そう言って、原因を作った食いしん坊カルテットにも念話で指令を出して超特急でドロップ品を拾い集めていった。

「フゥ〜、よ、ようやく終わった」

粗方拾い終わって安堵《あんど》していると……。

『む、一匹残っていたな』

フェルの視線を追うと、川を悠々と泳ぐレッドテイルカイマンの姿が。

『ふむ、儂が獲ってこようかのう』

そう言ってゴン爺が飛び立った。

そして、泳ぐレッドテイルカイマンをゴン爺が掴み上げ上昇しようとした瞬間。

ザッパーン――――。

元のゴン爺から比べれば小さい姿とは言え、10メートル級のその体に匹敵するような巨大魚が水面から跳び出してきた。

バクリ――――。

問答無用でゴン爺の掴んだレッドテイルカイマンに食らいつく。

『儂の獲物を横取りするとは不届きな奴じゃのう』

そう言って、グワシッと巨大魚の頭を鷲掴みして上昇する。

巨大魚が慌ててビチビチと尾を振るが、時すでに遅し。

というか、天下の古竜《エンシエントドラゴン》にケンカを売った時点で命運は尽きていた。

巨大魚の頭にガッチリとゴン爺の爪が食い込み、川岸に着いたときには既に息絶えていた。

『ワニを獲るはずが、魚が獲れたわい』

そう言って俺の前に巨大魚を差し出すゴン爺。

ゴン爺、いやね、こんなの差し出されてもさ。

チラリと横を見ると、再び〝アーク〟の面々が唖然とした顔を晒《さら》していたのだった。

◇　◇　◇　◇　◇

ゴン爺から差し出された巨大魚が消えてドロップ品に変わっていった。

驚いて鑑定するの忘れてたわ。

まぁ、いいけど。

ドロップ品はというと……。

「巨大な白身と、魔石、それと宝箱が出たか。あっさりとゴン爺に仕留められちゃったけど、意外と高ランクの魔物だったのか？」

そんなことをひとりつぶやいた後に鑑定。

まずは巨大白身を。

【　エンペラードラードの白身　】
あっさりしつつ旨みもあり、熱を加えると身が引き締まりホクホクの食感になり非常に美味。

「この白身、熱を加えるとホクホクして非常に美味いってさ」

『ほう。して、どのようにして食うのだ？』

「鍋とかに良さそうだな」

『鍋か。いいな』

そう言いながらジュルリと涎をすするフェル。

『鍋いいな。あれ、美味いんだよなぁ～』

『スイ、お鍋好きー！』

ドラちゃんもスイも、鍋モードになっている。

『鍋、とな？』

あ、ゴン爺はまだ鍋は食ったことなかったっけ。

「鍋料理はな、いろんな具材を煮ながら食う料理だぞ」

『煮ながらのう……』

鍋料理の想像がつかない様子のゴン爺。

『最後の〆がまた美味いんだぜ～』

『美味しいんだよね～』

最後の〆が美味いと力説するドラちゃんとスイだが、ゴン爺は『最後の〆とはなんじゃ？』とこれまたわからない様子。

　こればっかりは食ってみないとね。

　ま、そのうち鍋は食わせてやるよ。

　俺としてはそう思っていたのだが、そこで黙っていないのがうちの食いしん坊たちだった。

『よし、次の飯は鍋だな』

『賛成！』

『さんせ〜い』

「いやいや、昼飯は作り置きでパパッと済ませる予定だったんだけど」

『なにがパパッとだ。美味い食材があるのだから、当然食うべきだろうが』

　いや、なにが当然なんだよ。

　別にすぐじゃなくてもいいじゃん。

『そこまで言われると、儂もその鍋というのを食ってみたいのう。主殿よ』

　ほらぁ、フェルもドラちゃんもスイも鍋のこと言うから、ゴン爺も鍋モードになっちゃったじゃんか。

「私も、それ、食べたい！」

　俺の後ろからそう主張したのは……。

「フェオドラさん……」

キラキラした目で自分も食いたいって主張しまくってるフェオドラさん。

フェルとゴン爺はバッチリ声を出していたから伝わっちゃってるよ。

「おい、フェオドラっ、図々《ずうずう》しいだろうが！」

ガウディーノさんがそう言うが、当の本人は聞いちゃいない。

「ていうか、ムコーダさんは鑑定スキル持ち？　話の内容からすると、それっぽいよな」

ギクッ……。

唐突にそう言ったギディオンさんに、俺は引き攣《つ》った顔を向ける。

「アイテムボックス、しかも相当デカいの持ってるし……。もしかして、ムコーダさんって勇者様？」

核心を衝《つ》かれて、冷や汗がじんわりと額に滲《にじ》む。

勇者ではないけど、あっちの世界から来たことは事実だから焦ってしまう。

「これ、ギディオン！　人様のスキルを詮索するでない！」

「そうだぞ。それは仁義に反する」

シーグヴァルドさんとガウディーノさんが渋い顔でギディオンさんに注意した。

「分かってるよ。だけどよ、勇者様かもしれないと思ったら気になるんだよ。…………俺の憧れだしよ」

ギディオンさんが、最後にボソッと言った一言に反応するシーグヴァルドさんとガウディーノさん。

「ブフォッ、なんじゃ、お主、勇者に憧れておったのか？」

「笑うことねーだろ。小さいころに読んでもらった絵本の物語がずっと頭に残ってんだよ！　それがあったから俺は冒険者になったんだし。冒険者なんて職業になるヤローには多かれ少なかれ、そういうとこあるだろうが」

「フハハ。否定はしないが、お前も案外かわいいところがあったんだな」

「うるせー！」

シーグヴァルドさんとガウディーノさんにいじられて、顔を真っ赤にしているギディオンさん。

フゥゥ、俺が勇者云々《うんぬん》っていうのはなんとか曖昧になったのか。

しかし、そうじゃないかって思いはどっかで燻《くす》ぶってるんだろうなぁ。

『おい、昼飯までにはまだ時間がある。狩りを続けるぞ』

そのフェルの一声で、俺たちは再び巨大になったスイに乗って湿地帯を進んだのだった。

ちなみにエンペラードドラードの宝箱の中身だが、俺の手のひら大の黄金の鱗《うろこ》が5枚と小粒のエメラルドとルビーが入っていたよ。

◇　◇　◇　◇　◇

「フェオドラ！」

ガウディーノさんからの指示に、フェオドラさんは流れるように矢を射る。

〝箱舟《アーク》〟の面々が今相手にしているのは、ブルーヘッドオッターという頭頂部に青い毛が生えているのが特徴のCランクのカワウソっぽい魔物だ。

俺が知っているカワウソよりも、だいぶデカくて凶暴そうな風貌をしているけどね。

「ギャオォォォォッ」

ブルーヘッドオッターはフェオドラさんの矢が目に命中して叫び声をあげた。

「シーグヴァルド！」

「ほいきた！　どりゃあっ！」

ガゴンッ――――。

ブルーヘッドオッターの頭にシーグヴァルドさん自慢のウォーハンマーの一撃が入る。

「ギディオン、行くぞ！」

「あいよ！」

最後は、首にガウディーノさんのバスタードソードの斬撃が、腹にギディオンさんの槍《やり》の突きが入り、ブルーヘッドオッターは絶命し、毛皮をドロップした。

「おお～」

思わず拍手する俺。

これだよ、これ！

これぞ冒険者。

『なにを喜んでおる。あんな雑魚を倒してどうなるというのだ？』

不満そうな顔でそう言うフェル。

「そう言うなって。あの魔物の毛皮は撥水性《はっすいせい》があってけっこういい値がつくらしいんだから」

巨大スイに乗り進む途中、ブルーヘッドオッターを発見したガウディーノさんに是非にと乞われて停《と》まった。

ブルーヘッドオッターの毛皮は撥水性が高く需要は高いのだが、それほど出回らないのもあってけっこういい値で買い取りしてもらえるのだそうだ。

しかも、Aランクパーティーの〝アーク〟の面々にとっては危なげなく狩れるいい獲物で、できれば多く狩りたいとのことだった。

ということで、〝アーク〟の面々は巨大スイから降りて、ブルーヘッドオッター狩りに勤《いそ》しんでいるというわけだ。

一応フェルとスイにも「狩るか？」って聞いたんだけど、フェルが『あんな雑魚いらぬ。肉も不味いしな』と言うと、スイも『美味しくないならいいやー』となってしまった。

うちの狩りの基準は、美味いか美味くないかだもんねぇ。

そういうわけで、俺とフェルは巨大スイの上に留《とど》まっている。

スイはうたた寝しているし、フェルも興味なさそうに目を瞑《つぶ》っているけど、俺だけは興味津々で〝アーク〟の面々の戦い方を見せてもらっていたよ。

連係して戦う様は、まるで映画を観《み》ているようで興奮したね～。

ああいう戦い方も憧れはするものの、実際に俺にああいうことができるかというと……。

「まぁ、無理だわなぁ」

自分がヘタレだって自覚あるしな。

やっぱ俺は、強い仲間と一緒くらいがちょうど良いな。

安心安全が一番だよ。

そう思いながら、脇にいたフェルを見ていると……。

『何だ？』

「いや、俺はフェルたちが仲間で良かったなって思ってさ」

『な、なんだ唐突に』

「いやさ、なんだかんだ言いつつも、お前たちみんなが強いから、こういうとこにいてもある程度余裕でいられるのかなって思ってさ」

まぁ、フェルたちと出会ってなかったらそもそもダンジョンになんて来てないけどね。

『ふむ、よく分かっているではないか。感謝するがいい』

「ハハハ。はいはい、感謝してますよ」

『む』

「ん？」

『ゴン爺とドラが帰ってきたようだ』

フェルが見ている方を見ると、黒い点が。

偵察と称してドラゴン組のゴン爺とドラちゃんは別行動をとっていたのだが、戻ってきたようだ。

「おい、あれ、ゴン爺なんか持ってないか？」

近付いてくるゴン爺だが、前脚で何か細長いものを摑んでいるようなんだけど。

『もうそろそろ昼飯だろうから帰ってきたぜ～』

一足先に俺たちの下に到着したドラちゃん。

「なぁ、ゴン爺は何を持ってるんだ？」

『ああ、あれな。お前への土産だってよ』

「土産？」

そう思いながら首を傾《かし》げていると……。

「ゲッ」

降り立ったゴン爺の足元には、丸太並みの太さの緑色のヘビがウネウネと動いていた。

『まぁまぁの獲物がいたのでな、主殿への土産にと思い持って帰ってきたのじゃ』

……………。

持って帰ってきたって、これ、どうすりゃいいってのよ。

顔を引き攣らせながら緑色のヘビを鑑定してみる。


【ハンターグリーンアナコンダ】

Aランクの魔物。その体の色を生かし、草木に紛れ獲物に忍び寄り獰猛《どうもう》に食らいつく。皮はその美しい色合いから好事家の間で珍重されている。肉はあっさりした味わいで美味。


「に、肉は美味いみたいだな」

『ほう、そうなのか。なら、早く仕留めろ』

美味い肉と聞いて、フェルが仕留めろと言ってくる。

「仕留めろって、俺がか？」

『ゴン爺もそのために生かして持って帰ってきたのだろう』

『うむ。主殿のレベル上げにもいいかと思ってのう』

いらぬ世話だけど、せっかく持って来てくれたのにそうも言えないし……。

「お、お土産なら、ドロップ品で良かったんだけどなぁ。ドラちゃんにマジックバッグも渡してあったんだし」

『ん？　こっちにもけっこう入ってるぞ』

ドラちゃんが首にかけていたマジックバッグを持ちながらそう言った。

ぐぬっ、それならこのヘビもドロップ品として持って帰ってくればよかったのに。

『ほれ、早くしろ』

「分かったから、急《せ》かすなって」

仕方なしにアイテムボックスからミスリルの槍を取り出した。

そして……。

『主殿、そんなに怖がらずとも頭は押さえておるから大丈夫じゃ。ほれ、脳天から一息にブスッと』

「あ、ああ」

ええい、俺も男だっ、やるぞ！

そう思いつつも腰が引けたまま「ていやっ！」と脳天に一突き。

ハンターグリーンアナコンダが動きを止めた。

そして、ハンターグリーンアナコンダが消えた後には、肉と緑色の皮が残されていた。

無事に仕留めることができて、ホッとしていると……。

「ムコーダさん………」

いつの間にかブルーヘッドオッター狩りから戻って来ていた〝アーク〟の面々が、微妙な顔をして俺を見ていた。

「ムコーダさん、それじゃあ強くなれんぞい……」

シーグヴァルドさんの言葉にウンウンと頷くガウディーノさんとギディオンさん。

そしていつもは飄々《ひょうひょう》としているフェオドラさんまで頷いていた。

え？　え？　どっから見ていたんですか？

というか、いつもこんなことしてるわけじゃないですからねー！

〝箱舟《アーク》〟の面々にいらぬ誤解を受け、いつもこんなことはしていないと、今回はたまたまゴン爺《じい》が土産として持ち帰ってきたものだと懇々と説明してなんとか誤解は解けた。

よな？　大丈夫だよね？

信じてますからね、アークのみなさん。

気を取り直して、昼飯の準備だ。

ぬかるみのない比較的乾いている広めの草地を見つけて、俺たちはそこで昼飯にすることにした。

もちろんフェルとゴン爺に結界を張ってもらって安全性もバッチリとなっている。

フェル、ゴン爺、ドラちゃん、スイの食いしん坊カルテットに加えて、食いしん坊エルフなフェオドラさんから期待のこもった眼差《まなざ》しを受ける。

ハイハイ、分かってますよ。

エンペラードラードを使った鍋ね。

ったく、作り置きで昼は楽できると思ったのにー。

しかし、鍋か。

エンペラードラードが白身だから、どんな鍋でも合うだろうけど、〝アーク〟の面々もいるし、変わり鍋というよりはオーソドックスな鍋がいいよな。

となると、やっぱり寄せ鍋かなぁ。

でも、それだと捻《ひね》りがないんだよな。

うーむ……。

とりあえず、ネットスーパーを見てみるか。

〝アーク〟の面々には見られないよう注意しながら、取り出した魔道コンロの陰に隠れてネットスーパーを開いた。

そして、ちょくちょくお世話になっている鍋の素があるメニューを見ていく。

「お、これならいいかも」

俺が見つけたのは野菜だしの鍋の素だ。

あっさりだが野菜のうま味が利いていて、肉にも魚にも合うとのこと。

「よし、これに決めた。今日は、野菜だし鍋だ」

そうと決めたら、早速野菜だし鍋の素をポチリ。

具の野菜類は手持ちがあるから大丈夫だけど、キノコ類がないな。

キノコのうま味は鍋には必須だよね。

ということで、シイタケとシメジも購入。

届いたところで、段ボールを開封して手早く材料を出していく。

もちろん、これも魔道コンロの陰に隠れてな。

あとは鍋をサクッと作っていきますか。

手持ちの野菜の中から、ハクサイとネギとニンジンを取り出す。

これは全部アルバンが作ったものだ。

元が農家のアルバンは畑仕事が楽しいらしく、今じゃいろんなものを作っている。

俺もお裾分けにたくさんもらって助かってるよ。

何よりアルバンの作る野菜はめっちゃ美味《うま》いしな。

その極旨《ごくうま》アルバン印のハクサイとネギとニンジンを切っていく。

ハクサイは葉と芯に分けて、葉の部分はざく切りにして芯の部分は細切りにして、ネギは斜め切りに。

ニンジンは皮をむいて半月切りだ。

普通のニンジンなら輪切りでいいんだけど、アルバンのニンジンはデカいからな。

ま、アルバンの作る野菜はどれもデカいんだけどさ。

次はシイタケとシメジだ。

シイタケは石づきを切り半分に切って、シメジは石づきを切ったらほぐしておく。

「よし、こんなもんかな。あとは土鍋を用意して……」

土鍋に水と固形になっている野菜だし鍋の素をポチャンと投入。

野菜だし鍋の素が溶けて煮立ってきたら、あとは材料を入れて火が通ったら出来上がりだ。

グツグツと煮える鍋は見るからに美味そうだ。

鍋のスープをちょっと味見。

ズズッ。

「おお～、すっごい美味い。これ、俺好みかも。あっさりした中にもコクがあって、いいなこれ」

アルバン印の極旨野菜の旨味とキノコの旨味、エンペラードラードの旨味も加わり、実に美味いスープになっている。

その美味いスープをじっくりと味わっていると……。

ジ――――。

食いしん坊カルテット＋食いしん坊エルフがこちらをジーッと凝視していた。

「そんな顔しなくても今出すから。行った行った」

そう言うと渋々散っていく面々。

しかし、フェオドラさんて飯のこととなるとナチュラルにフェルたちと合流して催促してくるよね。

恐るべし食い気だわ。

◇　◇　◇　◇　◇

『この魚、なかなか美味いではないか！』

『これが鍋というものか。これも美味いのう』

『やっぱ鍋はいいな～。この魚も美味いな！』

『お魚さん美味《おい》しいね～』

「野菜も食えよー。アルバンが丹精込めて作った野菜だからめちゃくちゃ美味いんだから。って、言ってる傍《そば》から魚ばっかり食うなって、フェル」

『お主は毎回毎回「野菜を食え」とうるさいぞ。我は嫌いだと何度言えば分かるのだ』

苦虫を嚙《か》み潰したような顔をしてそう文句を言うフェル。

「そうだけどさ、肉ばっかりだとやっぱり体に悪いでしょ。野菜は健康にいいんだから食わなきゃダメだよ」

『それこそ加護がある我が体調を崩すことなどないと言っておろうが』

フェルは呆《あき》れたようにそう言う。

けど、俺は思うんだよね。

「加護があっても暴飲暴食はダメでしょ。やっぱりバランスよく食うのがいいと思うぞ」

『フェルおじちゃん、このお野菜美味しいよー』

「なぁ、美味しいよな。誰かさんと違って、スイは好き嫌いなくて偉いなぁ」

『えへへ～。スイ、お肉もお魚も大好きー！　お野菜も嫌いじゃないよー』

「そうかそうか」

スライムに体調が悪いときがあるのかは疑問だけど、好き嫌いなく何でも食うことはいろんな栄養が取れているってことだからきっといいことなんだろう。

『俺も野菜は得意な方じゃないけど、これは美味いと思うぞ。この葉っぱなんて味が染みてていくらでも食えそうだ』

そう言いながらハクサイをバクバク食うドラちゃん。

「だよな。鍋といえばハクサイ。鍋に入ったハクサイって超美味いよな」

『儂《わし》も食うのは専ら肉ばかりだったが、主殿の料理なら何が入っていても美味いのう』

くー、嬉《うれ》しいことを言ってくれるじゃないの。

「ありがとよ、ゴン爺」

『なんのなんの、本当のことじゃからな』

そして、ゴン爺とドラちゃんとスイと俺の視線がフェルに集まる。

『ぐっ……。な、何なのだ』

「全部食わないとおかわりはなしね」

サラリとそう宣言すると『ぐぬぬぬぬぬ』と顔を顰《しか》めて唸《うな》り声《ごえ》をあげたフェル。

怖い顔したってダメ。

最初はビビッてたけど、最近は俺も慣れたものなんだからな。

そして……。

俺に根負けしたのか、嫌そうな顔をしながらも野菜も完食していたよ。

『おかわりだ！　野菜はなしっ、いや少なめだぞ！』

おかわりのリクエストに「野菜はなし」ってのが俺には認められないと分かっているからか、「少なめだ」と言いなおすフェル。

「はいはい」

出来上がってる鍋はどれも野菜は同じ量入れてるけどね〜。

おかわりの鍋を見て、フェルがブーブーと文句を垂れていたがどこ吹く風で華麗にスルー。

俺は、隣で鍋を囲む〝アーク〟のみなさんのところへお邪魔した。

「どうですか？」

「おお、ムコーダさん。この〝鍋〟っていう料理、めちゃくちゃ美味いな！」

「ああ。それに野菜をたくさん食えるのがいい。俺たちみたいに冒険者稼業をやってると、食う物がどうしても偏りがちになるからな」

「肉ばかり食ってきたが、魚も悪くないもんじゃな」

ギディオンさん、ガウディーノさん、シーグヴァルドさんが鍋を頬張りながら次々とそう言う。

その3人を他所《よそ》に、何度も鍋をよそい黙々と頬張っているのが食いしん坊エルフことフェオドラさんだ。

「おいっ、フェオドラは食い過ぎだぞ！」

「そうだ。少しは遠慮しろよ」

「これっ、魚は儂も食うんじゃから残しておけ」

3人にそう言われるも、顔を上げて一言。

「早い者勝ち」

そして再び鍋を頬張るフェオドラさん。

そんな様子のフェオドラさんにすべて食われてはたまらないと、急いで鍋をつつきだすギディオンさん、ガウディーノさん、シーグヴァルドさんだった。

フェオドラさんは相変わらずのすごい食欲だな。

あの細身のどこにあんなに入っていくんだろうね。

少々呆れつつも、これだけは伝えねば。

「鍋には最後のお楽しみがあるので、スープはとっておいてくださいね～」

しかし、うちのみんなといい〝アーク〟の面々といい、これじゃあ飯もおちおち食っていられないね。

念のためにと、あらかじめ自分用に取り分けておいて良かった。

ガツガツと勢いよく鍋をかっ食らう面子《メンツ》を横に、俺は取り分けておいた鍋を1人楽しんだ。

もちろん最後の〆の溶き卵を入れた雑炊も大好評。

作ってみれば、極旨で大満足の昼飯だった。

◇　◇　◇　◇　◇

昼飯を終えて、再び探索を開始した俺たち一行。

しばらくは目立った獲物も見当たらず、巨大スイの上に乗った俺たちは平穏に進んでいた。

しかし、俺たちが進む草原の前方から急に火の手が上がった。

「おわっ、何があったんだ？」

『あれはドラの疑似ブレスだな』

前方を見ていたフェルがそう言った。

「え？　あの辺になんかいるのか？」

『アリだろうな』

「アリ？」

『尖《とが》った石の塔のようなものがいくつも見えるだろう』

「ああ。あれ、岩じゃないの？」

確かにフェルの言うように、尖った石のようなものがいくつも見えているが、俺はてっきり岩だと思っていたんだけど違うのか？

『あれはアリ塚だ』

「アリ塚!?」

岩だと思っていたものがアリ塚だと言われて驚いていると、先行していたドラちゃんが戻ってきた。

『この先に白いアリがいたから始末しておいたぜ』

すぐ後にゴン爺も戻ってきて巨大スイの上に着陸する。

『儂がブレスで始末しても良かったのじゃが、ドラがやると言うのでのう』

『ゴン爺ばかりにやらせるかよ』

その掛け合いにちょっぴり顔を引き攣《つ》らせる俺。

ゴン爺のブレスって、強力過ぎてこっちも被害被《こうむ》りそうだからヤメテ。

そうこうするうちにドラちゃんの疑似ドラゴンブレスの火の手が上がった辺りに到着。

焼けて黒くなったアリ塚と、未《いま》だにピクピクと動く所々焼け焦げた1メートルはありそうな白っぽいアリが10匹近くいた。

岩だと思っていたアリ塚も、近くに来てみると10階建てのビルくらいの高さがありそうだ。

「あれは、キラーターマイトか？」

ガウディーノさんが顔を顰めながらそう言った。

「知ってるんですか？」

「ああ。俺が冒険者になったばかりのころなんだが……」

ガウディーノさんの話によると、冒険者になりたてのころ一度だけ見たことがあるとのことだった。

なんでも、とある村で白っぽいアリの魔物が出て畑の農作物を食い荒らす被害があり、冒険者ギルドに討伐依頼が出されたそうだ。

アリの魔物は一匹一匹のランクは低いが、一匹いたということは近くに巣があることは間違いない。

ある程度のランクのある冒険者に依頼しなければということで、当時そのギルドでも破竹の勢いで頭角を現し始めたBランクパーティーが受けることになった。

「当時の俺より2つか3つ年上なだけなのに、もうすぐAランクになるのは確実だって言われててな。果てはSランクにまでなるんじゃないかなんて噂《うわさ》もされてて、俺も憧れてたぜ」

当時を思い出すようにそう語るガウディーノさん。

だが、そのBランクパーティーからは1週間経《た》っても何の音沙汰もない。

「ギルド期待のパーティーだったこともあって、ギルドから確認の依頼が出されてな。それを俺と当時の仲間たちで受けたんだ。あれほど受けなきゃよかったと思う依頼はないな……」

ガウディーノさんたちが村に向かうと、人っ子一人いなかった。

おかしいと思いながら、被害にあった畑の奥の森を探索してみたそうだ。

するとと、少し行ったところに塔のようにそびえ立つアリ塚があり、その周りには大量の白いアリの死体があったそうだ。

「そして、食い散らされてバラバラになったBランクパーティーの姿もな……」

その時、生き残っていた白いアリがバラバラになった遺体に食らいついているのを見て、夢中で剣を振るったのを今でも覚えているそうだ。

「田舎から出てきたばっかりの15、6の若造にゃあ衝撃的すぎる光景だった。俺たちは4人組のパーティーだったが、そのことがきっかけで俺以外は冒険者を辞めちまったよ」

あとで分かったことだが、白いアリはキラーターマイトという名前の魔物で、よくいるアリ系の魔物よりも食欲旺盛でランクも一段階高いのだそうだ。

しかも、その周辺でキラーターマイトが現れたのは30年ぶりくらいだったらしい。

「よくいるアリ系の魔物と同列に考えていたギルドの不手際だったんだろうがな、それを知ったのは大分後になってからでどうしようもなかった」

それからは折を見ては魔物図鑑を見るようになったそうだ。

冒険者って因果な商売だけど、15、6でそんな光景見たら辞めるわなぁ。

逆に冒険者を続けているガウディーノさんを尊敬するわ。

「まぁ、そんな俺の昔話はいいとして。俺としては因縁のあるキラーターマイトが、こうも簡単に蹂躙《じゅうりん》されるとはね……」

「いや、まぁ、うちの従魔たち強いですから」

それに尽きる。

「進みますか」

「ちょっと待った！　ドロップ品に顎が大分落ちているが、拾わないのか？」

ガウディーノさんに言われて初めて気が付いたけど、少し茶色い尖ったものがあたり一面に落ちていた。

「さすがにこれ全部拾うのは面倒ですし、別にいいかなーと」

そう言うと、ギョッとしたような顔をするガウディーノさん。

「キラーターマイトの顎はナイフの素材として珍重されているんだぜ。切れ味もさることながら、磨くと透明感が出るとかで工芸品としても人気があるそうだ」

え、マジ？


【キラーターマイトの顎】

軽い上に丈夫でナイフの素材に最適。磨くと透明感が出ることから工芸品の素材にもなる。


本当だったわ。

「全部はさすがに無理なんで、麻袋1つ分くらい拾っていきます」

「他はどうするんだ？」

「そのままですね。あ、そうだ。みなさん要ります？」

「いいのか!?」

食い気味に聞いてくるガウディーノさん。

そして、黙っていたギディオンさんやシーグヴァルドさん、フェオドラさんまで俺を凝視してるよ。

というか、圧がすごいんだけど。

「えーと、ドラちゃん。ドラちゃんが倒した白いアリの素材、みなさんに分けてもいい？」

『んー、いいぞ。どうせ食えないし』

ドラちゃんに念話で聞いてみたところOKがもらえたので、〝アーク〟の面々に「どうぞ好きなだけ」と伝えると、「ありがとう！」の大合唱の後に喜び勇んで巨大スイから飛び降りていった。

「さてと、俺も拾うか」

巨大スイからそろりと降りた。

そして、ドロップ品のキラーターマイトの顎を拾い始めようかと思ったところ、巨大だったスイが小さくなっていく。

『ねーねーあるじー、アリさんの巣の中に入ってみてもいいー？』

「スイ1人でか？」

『うん』

「ダメダメ。危ないでしょ」

『えー、ヤダヤダ！　行ってみたいー！　スイ、ずーっとあるじやみんなを乗せてばっかりで、ビュッビュッて倒せてないんだもんっ。つまんないー！』

「ぐっ、それを言われると……。そうだ！　フェル、暇だろ？　付いていってやってくれよ。な！」

そう言うと、何を言っているんだというような胡乱《うろん》な顔をして俺を見るフェル。

『おい、入り口を見てみろ。我が入るにはギリギリの大きさだぞ。そこを行けというのか？』

「ぐぬっ」

『儂もあの大きさは無理だのう』

ゴン爺に先手を取られた。

というか、フェルでもギリギリなんだから、ゴン爺も同じか。

『しゃーねーなー。俺が付いていってやるよ』

「ドラちゃん……」

『ヤッター！　ドラちゃん行こー！』

『おう。んじゃ行ってくるわ』

『あるじー、行ってきまーす！』

そう言うと、ドラちゃんとスイはすぐさまアリ塚の中に入っていってしまった。

「ああ～、スイ～」

『何て声を出しているのだ』

フェルは呆れたようにそう言うけどさぁ。

「だってスイだぞ。まだまだ子供なんだぞ。心配じゃないか」

『ドラが一緒なのだ。心配いらぬ。だいたいな、ドラとスイがいて手子摺《てこず》る相手などそれこそドラゴンくらいなものだ』

「そ、そうなの？　いや、でもさ……」

『でも何もないっ。スイだけだったとして、アリなどスイにとっては一捻りの相手に決まっているだろうが』

「フェルはそういうこと言うけど、スイなんだよ！　まだ子どもなんだよ！」

『まったくお主は過保護過ぎる！　我が認めるほどに強いスライムなど、スイの他いないというのに』

「フェルが認めようが関係ないの！　ああ～、スイ～早く戻ってきてよ～……」

キラーターマイトの顎を拾うことなど忘れてやきもきする俺。

『……フェルよ、主殿はいつもこうなのか？』

『ハァ、困ったことにな』

『スイは、末はエンペラースライムかという強さじゃろうに』

『スイは生まれたてのころから一緒にいるからな。まだまだ子どもという思いがあるのだろう。しかし、此奴《こやつ》の過保護ぶりには困ったものだ……』

おい、フェルにゴン爺、しっかり聞こえてるからなー。

というか、過保護で何が悪いってんだ。

あー、そんなことよりまだ戻ってこないのかな。

ドラちゃんとスイが入っていったアリ塚の前で右往左往することしばし……。

「よっと」

背負っていた重そうな麻袋を地面に置くガウディーノさん。

ギディオンさん、シーグヴァルドさん、フェオドラさんの麻袋もガウディーノさんと同じくらいにパンパンだ。

「ムコーダさん、ありがとうな」

たくさん拾えたのか、みなさんホクホク顔でお礼を言ってくる。

「あれ？　ムコーダさんは拾わなかったのか？」

何も持っていない俺に、不思議そうにそう聞いてくるギディオンさん。

「いや、それが……」

ドラちゃんとスイがアリ塚の中へ入っていってしまい、気が気じゃなくてそれどころじゃなかったのだと説明した。

「え？　従魔だろ？」

「従魔ってそういうもんだよな」

「儂もそう思うんじゃが」

「従魔ってそう」

俺の説明を聞いて、微妙な顔をして〝アーク〟の面々がコソコソ話しているけど、そういうのはうちには当てはまらないんですって。

「うちの従魔は仲間であり家族みたいなもんなんです！　特にスイはまだまだ子どもなんですよ～」

「あ、ああ、そう……」

人が力説しているのに、何で引くんですかぁぁぁ。

『おい、戻ってきたぞ』

フェルのその言葉に、パッと振り返ってアリ塚を見ると……。

『戻ってきたぜー！』

『あるじー、ただいまー！』

ドラちゃんとスイが飛び出してきた。

「ドラちゃん、スイーーーッ」

スイに抱き着いて頬ずりする。

『フフフ、あるじ、くすぐったぁーい』

「も～、心配したんだからなぁ」

『そうだ！　あるじにおみやげー！』

そう言って伸ばした触手の上に載っていたのは、大きなビー玉大の魔石と長さ5センチくらいの楕円形《だえんけい》をした白っぽいキラキラした石だった。

『俺とスイでデカい白アリを倒したら、出てきたんだ』

「そうか。ありがとな、ドラちゃん、スイ」

何はともあれ、ドラちゃんとスイが無事に戻ってきてホッとした俺だった。

◇　◇　◇　◇　◇

アリ塚を後にした俺たちは、再び巨大スイに乗りこんで進んで行った。

ちなみにだが、ドラちゃんとスイがくれた白っぽいキラキラした石は、鑑定してみるとホワイトオパールと出た。

これは記念にとっておいて、ランベルトさんとこに頼んで俺が身に着けられるようなものに加工してもらおうかななんて思っている。

アリ塚から少し離れたところで、10メートル級の巨大なアリクイがのそのそと歩く姿を見かけたが（アリ塚があるんだから、当然いるよね……。前にテレビで見た湿地帯のドキュメンタリーでも出てたし）、顰め面のフェルの『あれの肉はどうしようもなくマズいぞ』の一声で放置となった。

俺としちゃ本音を言うと、あんなのまで口にしていたのかとちょっぴり引いたんだけどね。

まぁ、それはいいとして、その後はフェルたちからしてみれば雑魚扱いのものばかりで、これといった獲物もいなくて、進むことに専念した感じだった。

そして、暗くなってきたところで本日の探索を終えた。

こういうフィールドダンジョン系の階層だと、ダンジョンの中でも時間に合わせて明るくなったり暗くなったりするんだよね。

不思議だけど。

地面が比較的乾いている草地を探し出して、今日の野営地と定めた俺たち一行は腰を下ろした。

昼飯に鍋を作ったから、夕飯は作り置きで。

フェル、ゴン爺、ドラちゃん、スイの食いしん坊カルテットは『ワニ肉でから揚げ～！』とか騒いでいたけど、もちろん却下。

夕飯には、作り置きしていたダンジョン牛で作った牛丼を出した。

みんなブツブツ文句を言っていた割には、ものすごい勢いでガツガツ食っておかわりもしまくっていたけどね。

〝箱舟《アーク》〟の面々は牛丼が相当気に入ったらしく、肉ダンジョンのダンジョン牛を使っているんだって教えたら、「今度は肉ダンジョンに行ってみるか」なんて本気で話し合っていた。

食いしん坊エルフことフェオドラさんは、美味い物さえ食えれば問題ないとばかりに目をキラキラさせながら牛丼を平らげていたよ。

もちろん、尋常じゃないほどのおかわりをしてね。

そんな感じで夕飯を終えて、しばしの食休みを挟み、あとは寝るだけとなったのだが……。

「あの、本当に見張りを立てるんですか？」

「一応な」

「フェルとゴン爺の結界が張ってあるんで、余程のことがない限り大丈夫だと思いますけど」

「冒険者の習性みたいなものだから気にするな」

フェルとゴン爺にお願いして、〝アーク〟の面々も含んでみんなを囲う結界を張ってもらっているんだけどなぁ。

『そこまで言うのだ。放っておけ』

俺とガウディーノさんの話を聞いていたフェルが、ちょっとムッとした感じでそう言い放つ。

『しかし、古竜《エンシェントドラゴン》とフェンリルの張った結界を信じていないとは、なにを相手に想定しているのかのう？』

ちょっぴり嫌味っぽくも聞こえるゴン爺の言葉。

フェルとゴン爺の気持ちも分からなくもないけど、〝アーク〟の面々の気持ちも分からないでもない。

きっと、見張りを立てない野営なんてしたことないだろうし、そんなことは死ぬようなものだと思ってるだろうしさ。

普通の冒険者はそういう考えだろうし。

『おい、そんなことより早く寝床だ』

布団かぁ。

まぁ、俺がアイテムボックス持ちなのは〝アーク〟の面々も知っているし、今出さないと今後の野営でも布団は使えないって考えると、敷布団くらいなら出してもいいか。

俺はそう考えて、アイテムボックスからみんなの敷布団を出して敷いていった。

フェルもゴン爺もドラちゃんもスイも待ってましたとばかりに横になる。

「それじゃあ俺たちは休ませていただきますんで」

「ああ。お休み」

ガウディーノさんがそう返してきて、他の面々も手を挙げて返してくれた。

俺は、布団の上に集まって眠るみんなの下へ。

寝そべるフェルの腹に寄りかかって目をつむった。

ダンジョンということで思っていたよりも疲れていたのか、俺はほどなくして深い眠りに落ちていったのだった。

◇　◇　◇　◇　◇

ペチペチ。

ペチペチ、ペチペチ。

『……ある……なかすいたー』

「んぁ……」

頬をペチペチと叩《たた》く感触に、ゆっくりと目を開けた。

『あるじー、お腹空《なかす》いたー』

胸元に乗っていたスイが触手で俺の頬をペチペチと叩いていた。

「おはよう、スイ」

『オハヨー、あるじー。スイ、お腹空いたのー』

「そっか。ちょっと待っててね」

そっとスイを横に下ろして、背筋を伸ばす。

「んんーーーっ。ふぅ。朝飯の前に、スイ、顔を洗うのにお水いいかな？」

『いいよー。はい』

スイがバスケットボール大のウォーターボールを出してくれる。

それに顔を浸《つ》けてバシャバシャと顔を洗った。

そして、アイテムボックスからタオルを出して顔を拭いた。

「あー、サッパリした。ありがとな、スイー。さぁてと、そんじゃ朝飯の準備するか」

そう言いながら立ち上がると……。

視界にゲッソリとした顔のギディオンさんが目に入り、ギョッとした。

「ギ、ギディオンさん!?」

「ああ、ムコーダさんか。オハヨー………」

「ど、どうしたんですか、その顔？　なんか、ものすごく疲れた顔してますけど」

目の下にはクッキリとしたクマが見て取れた。

「いや、気にしないでくれ。大丈夫だから。ちょっと精神的に疲れただけだからよ……」

疲れた声でそう言うギディオンさん。

見張りで疲れてるのかな？

疲労回復には豚肉がいいって聞くし、朝飯には作り置きの豚汁を出してやるか。

俺は、そんなことを考えながら朝飯の準備に入った。

…………

……

……

朝食に集まった〝アーク〟の面々がとても疲れた顔をしていらっしゃるんだけど……。

ギディオンさんはさっき見たけど、ガウディーノさんもシーグヴァルドさんも、いつもは無口だけど飄々《ひょうひょう》としているフェオドラさんまで目の下にクマを作っているよ。

「だ、大丈夫ですか？　みなさん……」

そう声をかけると、大丈夫だとでもいうように頷《うなず》く面々。

頷いてはいるけどさ、見た感じ大分お疲れの様子だぞ。

ホント、何があったの？

ってか、見張りってそんな疲れるものなのか？

よくわからんけど、だから見張りはなくても大丈夫だって言ったのに。

「これ食って元気出してください」

俺と〝アーク〟の面々の朝飯メニューは、ダンジョン豚とアルバンがうちの畑で育てた野菜をたっぷり使った豚汁にこれまたアルバンが育てたダイコンを使ったシラスおろし、それにワカメとゴマの混ぜ込みごはんの素で作ったおにぎりだ。

確か、シラスとゴマとワカメも疲労回復に良い食材だったはずだし。

出した朝飯を黙々と食っている〝アーク〟の面々。

いつもフェルたちの肉たっぷりの飯を、羨ましそうに見ているフェオドラさんでさえも今日は大人しい。

フェル、ゴン爺、ドラちゃん、スイの食いしん坊カルテットの朝飯メニューは、ダンジョン牛の上位種を使ったローストビーフ丼だというのに。

いつものフェオドラさんなら食いつかないはずないんだけどなぁ。

本当にどうしちゃったんだろうね？

〜side　箱舟《アーク》〜

「いろんな意味で神経を削る見張りだったな……」

ガウディーノがボソリと言うと、他のメンバー全員が頷いた。

「俺が見張りの時、ヘルスパイダーがすぐそこまで来ていたことに気付いて、思わず叫びそうになったわ……」

ギディオンが力なくそう言った。

ちなみに、ヘルスパイダーとは大きさは手のひらサイズのクモの魔物だが、超攻撃的かつ猛毒持ちで、噛まれると全身の穴という穴から血が噴き出してのた打ち回りながら死ぬとされている。

「お主の時もか。儂の時も来よったわ。５匹同時にのう……。結界に阻まれて、儂らの近くには来られないようじゃったが、生きた心地がせんかったわい……」

いつもパワフルなドワーフであるシーグヴァルドも、疲れが色濃く残る表情でそう言った。

「私の時は、ヴァンパイアバットが出た……」

色白な顔をさらに青白くさせたフェオドラが、ポツリとそうこぼすと、ガウディーノ、ギディオン、シーグヴァルドがギョッとした顔をする。

「マジか……」

ヴァンパイアバットとは、頭の先から足先までが2メートルはある巨大なコウモリの魔物で、獲物に麻痺毒《まひどく》を注入し、生きたまま獲物の血を吸い取っていく。

その遺骸はカラカラに干からびた状態で、見るも無残な姿なのだという。

ちなみにだが、ヘルスパイダーもヴァンパイアバットもAランクの魔物だが、得られるものは魔石くらいしかなく、冒険者の間では忌み嫌われている。

命を懸けるまでもなく、見かけたらとにかく逃げろというか、そもそもその生息域には行かないとまでされているくらいなのだ。

「「「「ハァ……」」」」

〝アーク〟の面々が一斉にため息を吐《つ》いた。

「しかし、こんな状況でぐっすり眠ってたムコーダさんって、案外豪胆だな……」

ガウディーノがこぼした言葉とともに一同が一斉にムコーダに目を向けるのだった。

第九章 スッポン鍋、再び

巨大スイに乗り、湿地帯を移動すること一週間。

途中、〝箱舟《アーク》〟の面々に乞われて停《と》まったり、フェルとスイの運動不足解消のために適当な魔物と戦ったりしつつも、俺たち一行は順調に進んでいた。

ちなみにだが、〝アーク〟の面々はインコみたいな鮮やかな色の鳥を中心に狩っていた。

普通のインコの倍はありそうなこの鮮やかな鳥たちは、その鮮やかな色合いから、はく製にされたり、羽根はドレスや髪飾り、扇子などの装飾品として加工され、富裕層には絶大な人気があるのだそうだ。

しかしながら、この鳥、生息域が限られているうえに、そこは高ランク冒険者しか辿《たど》り着けない場所であるため、出回る数が極端に少ないという。

そういうことで、もちろん高値で買い取り対象となるわけだ。

弓使いのフェオドラさんが大活躍で、青や赤、緑色のインコもどきを6羽ほど仕留めていた。

もちろんここはダンジョンなので、ドロップ品になるが、インコもどきのドロップ品は全て羽根だった。これでも十分価値があるとのことで〝アーク〟の面々もホクホク顔だった。

俺も、これはと思いドラちゃんとスイに頼んで10羽分ほどのドロップ品の羽根を確保してある。

家で待っているみんなへのお土産にちょうどいいかなと思ってさ。

羽根ペンとかに加工してもらったあとに渡してもいいし。

フェルとスイは、ブラックアナコンダ（エイヴリングのダンジョンにもいたやつだ）やエアレーとかいう巨大な茶色い牛の魔物を狩っていた。

どっちも肉が美味《うま》いっていうのが狩る基準だったのが、らしいっちゃらしいけど。

特にエアレーは肉が美味いらしく、水辺にいた群れを見つけると積極的に狩っていたよ。

おかげでまたまた大量の牛肉をゲットした。

ダンジョンのいいところは、ドロップ品として解体せずに肉の塊を得られることだよね。

偵察隊のゴン爺《じい》とドラちゃんは、目についた目ぼしい魔物をちょこちょこ狩っていたよう。

ドラちゃんにマジックバッグを預けていたから、その中にけっこういろいろ入っていたよ。

皮だの牙だのの他、いろんな肉がね。

中にビッグバイトタートルの肉があったのには、ちょっとびっくりしたけど。

ドラちゃんがエイヴリングのダンジョンで食ったのを覚えていて、沼地にいたのを見つけて狩ったそうだ。

この肉にはフェルもスイも反応して、その沼地に遠征して、みんなでせっせとビッグバイトタートル狩りに勤《いそ》しんだりもした。

沼地にいたビッグバイトタートルを狩り尽くす勢いで嬉々《きき》として狩っていく食いしん坊カルテッ

トに、〝アーク〟の面々はちょっと引き気味だった。

俺が「あれ、めっちゃ美味いんですよ」と言ったら、ギョッとした顔をして今度は体ごと引かれたけど。

あの食いしん坊エルフのフェオドラさんにまでさ。

解せぬ。

スッポン鍋、超美味いのに。

とりあえず、ビッグバイトタートルとその上位種のジャイアントバイトタートルの肉が手に入ったので俺も食いしん坊カルテットも大満足。

スッポン鍋は、〝アーク〟の面々にも食わせてやろうと思っている。

しかし、このデカいスッポンたちは本来はこんな風に沼地とかで生息しているんだろうかと思うと、エイヴリングのダンジョンでは水のない石壁ダンジョンの中をうろついていたのが不思議でならなかった。

まぁ、不思議もなにもダンジョンだからってことなんだろうけどね。

そんなこんなで、湿地帯の道なき道を進み、ようやくフェルとゴン爺から『そろそろだ』と告げられた。

いよいよボスと遭遇するわけだ。

ボス戦を控え、俺たち一行はしっかり休息を取ることにした。

◇　◇　◇　◇　◇

早めだが、俺は夕飯の準備を始めていた。

『別にそのまま行っても良かったのだがな』

その俺に向かって、フェルがちょっぴり不満そうにそう言った。

「フェルはそう言うけど、いろいろ準備ってものがあるんだよ」

主に俺の心の準備だけど。

ダンジョンって、どんなボスが出てくるか毎回ビクビクなんだよ。

「それに、今回は俺たちだけじゃないんだから念には念を入れておいたほうがいいだろう」

『フン、我らがいて手こずるわけがなかろう。一瞬で終わるわ』

「確かにフェルの言う通りかもしれないけどさ、それならそれで別に急がなくてもいいじゃん」

『ここは手応えがなかったから、早く次に進みたいのだがな……』

「じゃ、フェルはこれ食わなくていいのか？」

『いいわけないだろうっ。それとこれとは別に決まっている！』

「じゃあ文句言わないの」

まだフェルが『飯の話と一緒にする奴《やつ》があるか』とかブツブツ文句を言っているが、聞こえないふりだ。

『なぁー、まだかー？』

「まだかかるよ」

一方、夕飯が待ちきれなくてソワソワしているのはドラちゃんとスイだ。

『早くできないかなぁ～』

「エイヴリングのダンジョンのドロップ品でたくさんあったと思ったけど、みんなで食ったら数回で在庫がなくなっちゃったからなぁ。今回手に入ってホント良かったよ、ビッグバイトタートルの肉」

そう、俺が夕飯にと作っているのはスッポン鍋だ。

エイヴリングで大量に得たはずのビッグバイトタートルの肉だったが、大食漢揃《ぞろ》いの食いしん坊たちの前では長くは保たなかった。

というわけで、久々のスッポン鍋となる。

ボス戦の前だし、精がつくスッポン鍋はぴったりのメニューだろ。

『フハハ、フェルとスイが大食いだからなぁ』

「何言ってるの、ドラちゃんだってけっこう食うでしょうよ」

『バレたか』

バレたかじゃないよ。

フェルやスイほどじゃないけど、その小さい体のどこに入るのってくらい食ってるからね。

「しかし、ドラちゃんは良く見つけたよな～」

『フフン、前に食って美味かったの覚えてたからな！　沼から顔出してるの見つけて、絶対アイツだと思ったんだよ』

「お手柄だよ」

『ドラちゃん、おてがら～』

『まぁな！』

俺とスイからお手柄と言われて、ちょっと嬉《うれ》しそうなドラちゃんだ。

『ふむ。あの亀はそんなに美味いのかのう？　見た目はまったく美味そうに見えなかったのじゃが』

盛り上がる俺とドラちゃんとスイを横目に、そう言いながら疑うような目で調理風景を見ているのはゴン爺だ。

俺が出すものはいつも美味い美味い言いながら食うゴン爺だが、さすがに実物を見た後だと『本当か？』と思っているようだ。

確かに、あれを見ちゃうとねぇ。

でも……。

「ゴン爺って、確か鑑定持ってたよな？　してみたか？」

そうコソッとささやいてみる。

『いや。まさか……』

そうボソリとつぶやきながらも鑑定してみたのだろう。

ゴン爺は、その強面《こわもて》の爬虫類《はちゅうるい》っぽい縦長の瞳孔の目を見開いて驚いている。

『これは！　いやはや恐れ入ったわい。この見てくれで美味いなどとは誰も思わんぞい……』

確かにねぇ。

最初にスッポンを食った人って、マジで勇者だよ。

『我は鑑定で美味と出てたから食ってみたことがあったが、そのままではそれほどでもなかった。

此奴《こやつ》が料理すると美味くなるのだ』

『なるほど。さすがだのう、主殿』

「いやぁ」

改めてそんなことを言われると照れるじゃん。

一方、そんな俺たちを遠巻きに見ていた〝アーク〟の面々。

「お、おい、マジでビッグバイトタートルを食うみたいだぞ」

「ムコーダさんの飯は美味いが、あれを食うのはな……」

「儂《わし》、大抵のものは食うが、さすがにゲテモノ食いは勘弁じゃぞ」

「私も……」

引き攣《つ》った顔でコソコソとそんなことを話し合っているが……。

「全部聞こえてますからね。ったく、そんなことばっかり言ってると、食わせてやらないからな」

スッポン鍋、めちゃくちゃ美味いってのに。

食わず嫌いは損するからね、ホント。

そうこうするうちにスッポン鍋が出来上がった。

「うーん、美味そう」

『ようやくか！』

『お鍋～！』

『よし、食うぞ！』

『楽しみじゃのう～』

今か今かと出来上がるのを待っていた食いしん坊カルテットは、すでに準備万端の様子。

「まったく、今よそってやるから待ってなさいって」

深めの大皿によそい、みんなへ配る。

『うむ。相変わらず美味いぞ！』

『そうそう、コレコレ！　この味！　美味いんだよなー』

『美味《おい》しーねー！』

スッポン鍋の味を知っているフェルとドラちゃんとスイは大喜びだ。

『ムムゥ。確かにこれは美味いのう！　見た目だけで判断するのは間違いということか』

スッポン鍋を食いながら唸《うな》るのはゴン爺だ。

そういうこと。

見た目だけじゃわからないってことだね。

まぁ、確かに俺も鑑定で美味いってあっても昆虫とかは勘弁だけど。

そして、こちらにもスッポン鍋を。

「今晩の夕飯のスッポン鍋です。どうぞー」

〝アーク〟の面々は湯気が立ち上るスッポン鍋を、引き攣った顔で凝視しながらゴクリと唾を飲み込んだ。

それ、美味そうのゴクリじゃないよね。

ったく、失礼しちゃうな。

「鍋、というと、この間ご馳走《ちそう》になったのと同じだな……」

ガウディーノさんがそうつぶやく。

「ええ。これはあれと同じくらい、いや、人によってはこっちの方が美味いって言うかもしれないくらいの鍋ですよ。それにですね、味もさることながら、滋養強壮効果もあるうえコラーゲンっていう肌にいい成分がたくさん入っているので、食った翌日は肌プルンプルンです」

そう言うとキラリと目を光らせたのは、フェオドラさんだった。

「肌、プルンプルン……」

スッポン鍋をジーッと見つめながらフェオドラさんがつぶやいた。

美形なエルフさんでも、そこはやっぱり気になるんですね。

一応お孫さんまでいる年齢みたいですから、お肌の曲がり角ということなのかな？

「ええ。プルンプルンです」

俺がそう言うと、カッと目を見開いたフェオドラさんがスッポン鍋を自分の取り皿によそった。

そして、意を決したようにスッポン（ビッグバイトタートル）の肉にかぶりついた。

………。

「お、おい、どうなんだ？」

ガウディーノさん、ギディオンさん、シーグヴァルドさんが前のめりになってフェオドラさんの感想を待っている。

「みんなは食べなくていい。私が食べる」

そう言うと、取り皿に取った分を一瞬で食い終え、無言のまままさらにおかわりをよそった。

いつものフェオドラさんだねぇ。

スッポン鍋、美味いでしょ。

「おいおいおい、私が食べるって感想になってねぇじゃねぇか！ってか、いきなり勢いよく食い始めるって、美味いってことなんだろ！」

黙々とスッポン鍋を食うフェオドラさんに、目の前の鍋が美味いものだと察知したギディオンさんが吠《ほ》える。

「こうしちゃおれんっ。儂も食うぞ！」

シーグヴァルドさんもスッポン鍋を食うべく取り皿によそう。

「おい、フェオドラは食い過ぎだぞ。もうちょっと遠慮しろ」

「そ、そうだぞ！　俺らも食うんだからな！」

本当に1人で食べ切る勢いのフェオドラさんに、たまらず注意するガウディーノさんとギディオンさん。

そして……。

「こ、これが本当にビッグバイトタートルの肉なのか……」

「う、うめぇ！！！」

「あの見てくれからは想像もできん美味さじゃ……」

『おい、おかわりだ！』

フハハハハハハ、だから美味いんだって何度も言ったでしょ。

『儂もお願いするぞ』

『俺も！』

『スイも～』

「はいよー、今行く」

呆然《ぼうぜん》とするガウディーノさんとギディオンさんとシーグヴァルドさんを残し、食いしん坊カルテットからのおかわりの要請に応えるべく立ち上がった俺だった。

◇　◇　◇　◇　◇

昨日のスッポン鍋のおかげか、朝から食いしん坊カルテットは元気いっぱい。

作り置きから選んだダンジョン豚のカツサンドをモリモリ食っていた。

〝箱舟《アーク》〟の面々も元気溌剌《はつらつ》。

今朝は、当人たちの希望で食いしん坊カルテットと同じ肉メニューだ。

フェオドラさんなんて、カツサンド食いながら自分の頬をさわってニンマリしていたよ。

スッポン鍋の効果で肌がプルンプルンになってたもんね。

その効果がガウディーノさん、ギディオンさん、シーグヴァルドさんにも出て、顔がツヤッツヤになっていた。

ムサい男のツヤ顔って誰得だよ。

そう思いながらも、いや待てよと思った俺。

俺も昨日スッポン鍋を味わったのだから……。

自分の柔らかい張りのある頬に触れつつ顔が引き攣った。

しばらくはスッポン鍋を作るのは自重しようと思う俺だった。

朝食を食い終えた俺たち一行は、巨大スイに乗り先へと進んだ。

フェルとゴン爺が言っていた通りであれば、もうすぐこの階層も終わりということで、ゴン爺とドラちゃんもスイに乗り一緒に進む。

しばらく進んだところで、フェルがスイを止めた。

「あ、あれか……」

階層が終わるということは、その前に階層主《ボス》が必ずいるわけで……。

苔《こけ》むした岩と岩が重なる間にある、洞窟の入り口のような穴を守るように動き回る、金毛に黒の斑点がある2匹の獣。

その獣は、岩の大きさからみると、3メートルくらいの大きさはありそうだ。

「ジャガー？」

『うむ。あれはアサシンジャガーとかいう魔物だ。素早さだけは我も認める』

『確かにすばしっこい魔物じゃのう。まぁ、儂ならブレス一発じゃが』

ゴン爺、それを言っちゃあお終《しま》いよ。

ゴン爺のブレスなら、それこそフェル以外は一発でたいがい終わるでしょうよ。

「お、おい、アサシンジャガーだってよ。名前からしてヤベェ……」

「俺の記憶が正しければ、アサシンジャガーはSランクの魔物だ。昔、バルカルセの街の冒険者ギルドにあった本で見たことがある」

「バルカルセっちゅうと、ペラレス大森林地帯か」

「ああ」

「魔境とも言われるあの辺りの魔物っちゅうだけで、儂らが手を出していい相手じゃないわい」

「それが2匹も……」

青い顔をした〝アーク〟の面々が話す内容が耳に入ってきた。

やっぱりSランクなんだ。

フェルが『素早さだけは我も認める』って言ってた時点でそんな気はしてたけど。

というか、ここのダンジョン、俺たちだから10日足らずでここまで来られたけど、普通の冒険者じゃ何か月もかかる道のりなんじゃないかと思う。

しかも、1階層目のボスからSランクとか、よくよく考えたら相当な鬼畜ダンジョンなんじゃなかろうか。

「えーと、2匹いるけど大丈夫か？」

『フン、当たり前だろうが』

『じゃから儂のブレスで』

「それは止《や》めて、ゴン爺。俺たちにも被害出そうだから」

古竜《エンシエントドラゴン》のブレスだぞ。

さすがにダンジョンが壊れるかもしれないだろ。

今から思うと、ブリクストのダンジョンでゴン爺がブレスぶっ放したときも本当はヤバかったんだろう。

あの時は、ブラックドラゴンが消滅しただけでダンジョン自体には何事もなかったから事なきを得たけど、いつもそうとは限らないもんね。

古竜《エンシエントドラゴン》のブレスなんて、この世界じゃこれ以上ないほどの究極的な攻撃力を持ったもんだろ。

そんなのをぶっ放されたんじゃあ何があるかわからんわ。

『まったく、何故《なぜ》ドラゴンは何でもかんでもブレスで片付けようとするのか』

『む。ブレスはドラゴンの最大の攻撃なのだから当然じゃろう』

『だからと言ってブレス一辺倒とは、頭が固いのう』

『ぐぬぬぬぬぬ』

睨《にら》み合うフェルとゴン爺。

「コラコラ、言い合いしないの」

『主殿、そうは言うが、最初に突っかかってきたのはフェルじゃぞ』

『我は本当のことを言っただけだ』

「あーもう、いいから！　それより、あれをどうするのさ」

言い合いしてる場合じゃないだろうが。

大人げない年長組に呆《あき》れていると、ドラちゃんがゴン爺の頭に留まった。

『おいおい、さっきから聞いてりゃあドラゴンはブレス一辺倒だとかなんとか。フェル、俺を忘れちゃいないか？』

『む』

『俺は魔法が得意だし、すばしっこさもピカ一だぜ』

『ドラは頭の固い此奴やそこら辺のドラゴンとは別だ』

『分かってんじゃん。つーことで、あいつらは俺が相手すっからな』

そう言い捨てると、アサシンジャガーへ向かって飛んでいくドラちゃん。

『あー！　ドラちゃんズルーい！　スイもたーたーかーうー！』

巨大スイがそう言って動き始めて、俺とフェルとゴン爺、そして〝アーク〟の面々が慌ててスイから飛び降りた。

ドラちゃんとスイが、アサシンジャガーの守備範囲へと侵入したのか2匹も動き出した。

「お前らはいいのか？　というか、ドラちゃんとスイだけで大丈夫なのか？」

『あの程度の相手なら譲ってもかまわん。それに、ドラとスイなら問題ないだろう』

『フェルに同意する。儂らが出るまでもないじゃろう』

「いや、心配だから付いていってほしいんだけど」

『ハァ。お主はドラとスイの強さをいい加減分かれ』

フェルは呆れたようにそう言うけど、心配なんだからしょうがないだろ。

「でもさ……」

『黙って見ておれ』

フェルとゴン爺と二言三言かわす間に、戦いは始まった。

素早い動きで、ドラちゃんをその鋭い爪の餌食にしようと前脚を振るうアサシンジャガー。

「あれ、魔法？」

アサシンジャガーが前脚を振るう度に草が舞っているように見えるんだけど。

『うむ。彼奴《あやつ》は風魔法を使う』

「フェルの爪斬撃《そうざんげき》みたいなもの？」

『我のものとは完成度が違うわ。まぁ、似てはいるかもしれんがな』

似てはいるんじゃん。

その爪斬撃《そうざんげき》劣化バージョンを素早さでは負けていないドラちゃんがヒョイヒョイッと避けていく。

アサシンジャガーが前脚だけの攻撃ではドラちゃんを捉えることはできないと悟ったのか、今度は鋭い牙も使い嚙《か》みつこうとする。

『俺が避けるだけと思うなよ。オラッ』

ザシュッ――――。

ドラちゃんが放った氷魔法、鋭い切っ先の氷の柱がアサシンジャガーの背中から腹までを串刺しにするように貫いた。

「ギャオォォォッ」

断末魔の叫び声をあげるアサシンジャガー。

スイの方はというと……。

巨大な体から元の大きさに戻ったスイが、アサシンジャガーと対峙《たいじ》していた。

そして、ビュッビュッと酸弾を放つが、ことごとく避けられていた。

『もー、なんで当たらないのー!?』

地団太を踏むようにポンポン飛び跳ねるスイ。

『うー、それならこうだよー!』

触手を2本伸ばし、アサシンジャガーを捕らえようとするスイ。

もちろんアサシンジャガーもそうやすやすと捕まるわけがない。

アサシンジャガーとスイの攻防が続く。

そして……。

『つーかまえたー!』

スイの第三の触手がアサシンジャガーの尻尾を捕らえた。

「ギャウッ」

アサシンジャガーがスイの触手から逃れようと暴れる。

『ヘッヘー、そんなんじゃ放さないもんね～』

逃れることができないと悟ったアサシンジャガーは、今度はスイの触手に噛みついた。

触手に噛みついたアサシンジャガーは頭を振り、噛み切ろうとする。

しかし、相手はスイだ。

スライム特有の軟体性の体は、切れた部分をすぐさまくっつけていった。

『そんなのスイには効かないもんね～』

そうこうしているうちに、スイの別の触手がアサシンジャガーの胴体と首に巻き付いた。

そして、一気にアサシンジャガーに取り付いたスイはそのまま頭部へと進むと、アサシンジャガーの頭を体内に収めてしまった。

呼吸ができなくなったアサシンジャガーは猛烈に暴れた。

しかし、1分、2分と時間が進むごとにその動きも鈍っていく。

5分も経《た》つと、アサシンジャガーはピクリとも動かなくなった。

アサシンジャガーが消えた後には、魔石と金毛に黒の斑点の毛皮が残されていた。

『わーい！　勝ったー！』

ポンポン飛び跳ねながら勝ち鬨《かどき》をあげるスイ。

『お、スイも勝ったな。やるじゃん』

『えへへ～』

『しかし、スイの方も落としたのは俺と同じく魔石と毛皮か～』

『お肉でなかったねー』

『まぁ、この見てくれじゃあ肉は出さなそうだし、しょうがねぇよ』

和気あいあいと話すドラちゃんとスイを、ちょっと引き攣った顔で見ている俺。

「……スイ、あんな攻撃いつ覚えたんだ？」

『知らん。だが、さすがに我もあの攻撃を受けるのはごめん被《こうむ》るぞ……』

『儂もじゃ……』

そう言いながらフェルとゴン爺も顔を引き攣らせていた。

窒息死じゃあねぇ……。

アサシンジャガーに心の中で手を合わせる俺。

しかし、フェルとゴン爺の二大巨頭にまでこんなことを言わせるスイ、恐るべし。

一方、お通夜のように静かな〝アーク〟の面々。

全員が遠い目をしている。

「フェンリルと古竜《エンシエントドラゴン》だけじゃないんだな……」

「小さいドラゴンとスライムまで、単独でSランクの魔物を狩れるとか、何の冗談だよ……」

「ムコーダさんを怒らせちゃあならんのう……」

「私、大人しくする……」

ちょっとちょっと、現実逃避したような顔でつぶやかないでくださいよ。

俺、ドラちゃんとスイも強いんですよって伝えてましたよね？

というか、俺を怒らせちゃいけないって、怒っても別にみんなをけしかけたりなんてしませんからね！

閑話　魔道冷蔵庫の出番

「うーむ……」

カレーリナにある家のリビングで、うたた寝しているフェルとゴン爺《じい》とドラちゃんとスイの傍ら、俺は、最近ちょっと気になっていることについて考えていた。

『どうした？』

薄く片目だけを開いたフェルが何事かとそう聞いてきた。

「いやなぁ……」

ちょっと気になっていることをフェルに話して聞かせた。

少し前に、盗賊王の宝の中の1つとして手に入れた魔道冷蔵庫。

手に入れたときは良い物を手に入れた、これからはバンバン使っていこうと思ったけど、実際はあまり出番がないのが実情だ。

俺にはネットスーパーがあるから、使う分をその時に買えば済むし、ぶっちゃけ保存はアイテムボックスに入れれば万全だし。

正直なところ、肉類に味をしみ込ませるために漬け置きするときとか、浅漬けを作るときくらいしか使ってないんだよね。

それも、十分に味が染みたらアイテムボックスに移し替えちゃったりするし。

せっかくの魔道具だし、もうちょっと使っていければいいんだけどな……。

「冷蔵庫ってそもそもが食い物を低温で保存するっていうのが主な目的だからさ、よくよく考えると時間停止のアイテムボックスがある俺にとって便利かって言われると、微妙っていうかなぁ……」

それこそ飲み物を冷やすのだって、ネットスーパーで買うと、箱買いする以外はだいたい冷えたのが届くしな。

「前に作ったヨーグルトゼリーみたいな冷えたデザートなんかをバンバン手作りするんなら、あって良かったって思うんだろうけど、デザートに関しちゃ門外漢だしさ」

ゼリーくらいなら簡単だから、俺にも作れるけど、だからといってゼリーばっかり作るっていうのもねぇ。

『別に使わないなら使わないでいいだろうが。そんなに悩むことか？』

「そうは言うけどさ、せっかく手に入れたものだし、もったいないじゃん。しかし、冷えたデザートか。うーむ……」

ゼリー以外で俺でも作れそうなものがあるかと考えていると……。

『デザートー？　甘いのー！』

甘いもの大好きなスイが、デザートという言葉に反応した。

『デザート、あるじが作るのー？　ねぇねぇ、どんなのー？』
俺の膝の上に乗っかってきて、食い気味に俺を質問攻めにするスイ。
そして、スイの念話が響いたのかゴン爺とドラちゃんも起き出してきた。
『ふぁ～あ。なんだ、デザートだって？　甘いのは嫌いじゃねぇぞ』
『主殿の作るものなら美味《うま》そうだのう』
ドラちゃんとゴン爺もそんなことを言ってくる。
『ねぇねぇあるじー、どんなの作るのー？』
「あ、いや、あのな、スイ」
言えない……。
今更作れないなんて言えないよ。
なにか、なにか俺でも作れる冷えたデザート。
………あ、あった！
学生時代に喫茶店のバイトで作ったレアチーズケーキだ！

◇　◇　◇　◇　◇

「よし、始めるか」

俺は、キッチンで気合を入れた。

今晩の夕飯は、作り置きしておいたダンジョン豚とダンジョン牛の肉で作ったメンチカツサンドにして（ちなみにだが、テレーザ特製の素朴な田舎パンを少しトーストしてバターを塗り、キャベツとジューシーなメンチカツにソースをかけて挟んだだけの、簡単だけど超絶美味い自信作のメンチカツサンドだ。もちろんチーズＩＮバージョンもあるぞ）、メインはデザートのレアチーズケーキ作りだ。

まずは、ネットスーパーで材料の調達からだ。

クリームチーズに無糖のプレーンヨーグルト、生クリームに…………。

材料を思い出しながら次々とカートに入れていく。

精算をして、手元に材料がそろったところで調理開始だ。

「まずは、土台からだな」

コーヒー・紅茶用にアイテムボックスに保存してあるお湯を取り出して、無塩バターを湯せんにかけて溶かしておく。

そうしたら、ビスケットをビニール袋に入れて、麺棒で叩《たた》いて細かく砕いていく。

ゴン、ゴン、ゴン――――。

「……ええと、スイ、どうした？」

キッチンの出入口から、スイがこちらを覗《のぞ》いていた。

『うんとね、どんな風に作るのかなーって思ったの』

スイは甘いものが大好きだから興味あるか。

「スイも一緒に作るか？」

『うんっ』

ということで、レアチーズケーキ作りにスイも参戦。

「じゃあ、この袋の中のビスケットをこの棒で叩いて細かくしてね。あ、強く叩き過ぎないでね」

スイが本気で叩いたらビニール袋が破けちゃいそうだし。

『分かった～』

ゴン、ゴン、ゴン、ゴン――。

『あるじー、これくらいでどうかなぁ？』

「上出来上出来」

スイに細かく砕いてもらったビスケットが入ったビニール袋に、湯せんで溶かしたバターを加えてモミモミ。

ビスケットにバターが馴染《なじ》んだら、クッキングシートを敷いた型の底に敷き詰めて平らにならして魔道冷蔵庫で冷やしておく。

次に、購入してから放置して室温に戻しておいたクリームチーズをボウルに入れてなめらかになるまで泡だて器で混ぜていく。

「スイちゃん、この泡だて器でこれを混ぜてくれるかな」

『ハーイ』

グルグルとクリームチーズを力強く混ぜていくスイ。

「はい、ストップ。うん、十分なめらかになっているね。そうしたら、ここに砂糖を入れて……。ハイ、また混ぜてください」

『ハーイ』

「砂糖のザラザラがなくなるまで混ぜてね」

『分かったー』

グルグルグル――――。

『あるじー、ザラザラなくなったよー』

「それじゃあヨーグルトとレモン汁を加えて……。はい、また混ぜて」

『ハーイ』

全てを混ぜてなめらかになったら、次は生クリームだ。

別のボウルに生クリームを入れて、七分立てくらいに泡立てる。

「スイ、今度はこっちを混ぜて」

『分かったー』

泡だて器で生クリームを混ぜ始めるスイ。

スイのおかげですぐに七分立てくらいになる。

そこで、お湯で溶かした粉ゼラチンにクリームチーズの生地を合わせたものを用意したら、全てを混ぜていく。

「はい、いいよ」

最初のクリームチーズのボウルに溶かした粉ゼラチンを少しずつ入れて混ぜたら、さらに七分立ての生クリームを入れてざっくりと混ぜ合わせれば生地の出来上がり。

あとは、魔道冷蔵庫で冷やしていた型を取り出して、生地を流し入れて表面を平らにならして……。

「スイ、これで冷蔵庫に入れて冷やし固めればレアチーズケーキの完成だよ」

そう言いながら魔道冷蔵庫に型を入れていく。

1人1ホールと考えて5ホール作製。

なんとか魔道冷蔵庫に収まった。

まぁ、俺は1人で1ホールなんて食わないけど、残ったら誰か食うから大丈夫でしょう。

こんな感じで俺がバイト先で教わったレアチーズケーキは、定番中の定番って感じだ。

俺でも作れたんだから、まぁそうだろう。

でも、そこそこ人気だったんだよね。

今考えると、やっぱり定番っていうのが良かったんだと思うな。

大きく外さないしさ。

あとは、季節ごとにかけるフルーツソースを変えていたんだよね。

それも人気だった理由かも。

このレアチーズケーキはこのままでも十分美味いけど、俺もバイト先に倣ってフルーツソースも作ることに。

「スイ、今度はレアチーズケーキにかけるフルーツソースを作るよ」

『ハーイ』

「手持ちのフルーツでは…………、あ、これがまだ残ってるな。ヴィオレットベリー」

『あー、ダンジョンで採ったやつー』

「そうそう。これをソースにしよう」

適当な大きさに切ったヴィオレットベリーとグラニュー糖とレモン汁を鍋に入れて弱火で加熱。

水分が出てグラニュー糖が溶けて少しとろみが出るまで煮詰めたら、あとは冷ましておけばヴィオレットベリーソースの出来上がり。

『ねぇねぇあるじー、ケーキできたかなぁ』

「まだだよ」

『そっかー。どれくらいでできるのー？』

「まだもうちょっとかかるかなぁ。でもね、できてもすぐには食えないぞ」

『なんでー？』

「夕飯の後のデザートだって言っただろう。だから、夕飯の後のお楽しみだよ」

『そうかぁ～。じゃあ、スイ、お夕飯まで我慢するー』

…………………

…………

……

そして、お待ちかねの夕飯後。

純白のレアチーズケーキを切り分けて、鮮やかな紫色のヴィオレットベリーソースをかけて……。

「はい、食後のデザートのレアチーズケーキ。俺とスイの力作だぞ」

『わーい！　これねぇ、スイも一緒に作ったんだよー！』

『ほう、どれ』

『見た目もキレイじゃのう』

『なかなかいい出来なんじゃねぇの』

フェルとゴン爺、ドラちゃんがレアチーズケーキにかぶりつく。

『ねぇねぇ、どーお？』

スイがブルブル揺れながらみんなに聞いている。

『うむ。悪くないな』

『ああ。甘過ぎないのがいいのう』

『普通にうめぇ』

みんなの感想を聞いたスイが『ヤッター！』とポンポン飛び跳ねている。

俺も一口。

「うん、上手《うま》くできたね。美味《おい》しい。スイも食ってみなよ」

『うんっ』

レアチーズケーキを取り込んでいくスイ。

『おいしい～』

嬉《うれ》しそうなスイを見て、こっちも嬉しくなってくる。

『……ぐぬぬ………妾《わらわ》も、食べたいのう……』

あらら、今は聞こえちゃいけないお方の声が聞こえたぞ。

『くっ……聞かなかったことにするのじゃ』

甘いものが好き過ぎて、思わず声が届いてしまったようだ。

プププ。

「スイ、このケーキ、女神様にお裾分けしていいかな？」

『ん？　いいよ～』

「それじゃあこれをテーブルの上に置いて、女神様にお裾分けですってあげてくれるかな」

切り分けたレアチーズケーキをスイに渡した。

『これスイが作ったの～。女神様におすそわけー』

スイがテーブルの上に置いたレアチーズケーキの皿が、淡い光と共に瞬く間に消えていった。

『わっ！　あるじー、ケーキ消えちゃったー』

「ハハ、女神様が持っていったんだよ」

『そっかー。美味しいって言ってくれるかなぁ？』

『美味しいのじゃ！　スライムよ、なかなかの腕じゃぞ！』

『わぁ～、女神様、スイが作ったケーキ美味しいって』

「良かったなぁ、スイ」

番外編　食い倒れ屋台巡りツアー？

今回の依頼は、国境を越えて小国群の森まで向かうこととなった。

何でもこの森にしかないという特殊な薬草採取の依頼で、見つけるのに少し苦労したがなんとか採取を終えた。

だいたいの採取ポイントが分かっていたからなんとかなったけど、そうでなかったらけっこう大変だったかもしれないな。

魔物の討伐ならばみんな喜んでやるし、仕事も早いんだけどねぇ。

あ、その採取ポイントにたどり着くまでに出た魔物は嬉々《きき》としてみんなで狩っていたよ。

まぁ、そんなこんなで仕事を終えての帰り道。

場所が情勢の不安定な小国群ということで、治安に若干の不安はあったけど、フェルやゴン爺《じい》がいるおかげで特に何の問題もなくいつもと変わらぬ平穏無事な旅路となっていた。

それもあって、途中の大きな街に寄ってみることにしたんだ。

小国群なんて滅多に来られないしね。

異文化探索ってやつだ。

その街はラドワーンという街で、近隣の農産物が一堂に会する、小国群の中でも四番目に大きな街ということだった。

情勢が不安定というから、人が少ないのかと思いきや、人も多く活気があって賑《にぎ》やかな街だ。

いつかテレビで見た、中東の商店がズラリと並ぶ街並みに雰囲気が似ている。

人種は、人間や獣人、ドワーフ、たまにエルフも見かけ、と様々だけど、総じて日に焼けて逞《たくま》しい体格の人が多いように見受けられた。

小競り合いやらが多い地域というから、そこに住まう人たちも自《おの》ずと逞しくなっていくのかもしれないなぁ。

そんなことを考えながら街の中を散策していく。

ま、異国情緒を楽しみながら、気になる物があったら買っていこう。

カレーリナの街やレオンハルト王国の街とは全く違う雰囲気に、俺やドラちゃん、スイは興味津々。

長生きなフェルとゴン爺は前にも来たことがあるのか、落ち着いている。

美味《おい》しそうなものは見逃さないように目を光らせているようだけどね。

『む。あの屋台に行くぞ』

そう言うとズンズン進んで行くフェル。

「ちょっと、ちょっと」

仕方なしに付いていくと、大きな塊肉を焼いている屋台にたどり着いた。

フェルの鼻に引っかかった屋台。

さすがというか、こんがり焼ける肉と、食欲をそそるなんとも言えないスパイスのいい香りがした。

ちょうど買いにきた客とのやり取りを見ていると、大きな肉を薄くそぎ落として植物の葉に包んで渡していた。

「なんだかドネルケバブに似てるなぁ……」

『なんだそれは。まぁ、とにかくだ、この肉はなかなかのものだろう。食うぞ』

『独特な香りだが、まぁ悪くはなさそうだのう』

『うんうん。確かに嗅いだことない匂いだけど、肉との相性は良さそうだよな』

『スイもこれ食べてみたいな～』

みんなの目が俺に。

「へいへい。分かりました」

まぁ、こうなるだろうなと予想はしてたよ。

君たち屋台飯けっこう好きだもんね。

「おやじさん、特盛で４つもらえます？　で、もう１つ普通で～」

「へ、へい？」

特盛はなかったようだけど、おやじさんに頼んでとにかく盛れるだけ盛ってもらい、屋台の間にあるイスとテーブルが並べてある飲食スペースへ。

断りを入れて、イスとテーブルを少し退《ど》けて、みんなで実食。

『ふむ。肉は良いものではなさそうだが、味付けが美味《うま》いな』

『だのう。少しクセのある肉だが、この味付けによく合っているわい』

『確かに。独特の味がこの肉には合ってるな』

『あるじのお料理の味とは全然違うねー。でも、美味しいよ～』

さすが味にうるさい食いしん坊カルテットだわ。

確かにみんなの言うとおり、ちょっとクセのある肉だけど、このスパイスが効いた味付けでそれがあまり気にならなくなっている上に、よくマッチしている。

異世界ケバブ、悪くないじゃん。

そんなことを考えながら、異世界ケバブを味わっていると……。

『さぁ主殿、次は儂《わし》が目を付けた屋台に行こうかのう』

今度はゴン爺がそんなことを言い出した。

「え、今食い始めたばっかりじゃん」

そう言ってみんなの葉っぱの皿を見ると……。

『こんなものはつまみ程度だ』

『だよな』

『もう食べちゃったよ～』
割と大きな葉っぱに山盛りにあった異世界ケバブがキレイに無くなっていた。
まぁ、そうだわなぁ～。
あれくらいならペロッと一瞬で食っちゃうかぁ、うちのみんななら。
でもさぁ……。
「君らもうちょっとよく嚙《か》んで味わって食った方がいいぞ」
『なにを言うか。ちゃんと味わっておるわ』
『そうじゃぞ』
『うん。味わってるぞ』
『味わってる～』
「へいへい。そうですか」
『そんなことより主殿、ほれ、早く食ってしまえ』
ゴン爺に急《せ》かされるが、みんなみたいにペロリとはいかないわけで。
「スイ～、食うか？」
『食べるー！』
差し出した葉っぱの皿にみにょんとスイの触手が伸びて全部かっさらっていったよ。
『よしよし。では、儂の鼻によるとここから少し先のあの屋台がアタリなんじゃゃ』

ゴン爺が先導して、それに付いていく俺たち。

そして付いていった先の屋台は……。

「やっぱりまた肉なのかよ」

屋台で売られていたのは、こんがりと焼かれたスパイスの香り立つ串焼き肉。

『ほぅ。この店も良さそうだな』

『ああ。美味そうな焼き色してやがる。匂いも悪くないぞ』

『美味しそう～』

『そうじゃろうそうじゃろう』

ゴン爺、『そうじゃろうそうじゃろう』ってお前が作ってるわけじゃないでしょ。

『それでは主殿、頼むぞい』

「へいへい」

ここでも結局大量購入。

買ったそばからガッフガッフと食い始める食いしん坊カルテット。

そして、ああでもないこうでもないと味について語らいそれが終わると当然のように次へと。

流れるように次から次へと屋台を渡り歩いて……。

『ふむ。けっこう食ったな』

『うむ。腹も十分満たされたわい』

『フ〜、食った食った』

『スイ、まだ食べられるよ〜』

あっちへフラフラ、こっちへフラフラ、街の中を行ったり来たりで食いに食った屋台飯。

「…………なぁ、今日一日、結局屋台巡りしかしてないんだけど」

『それがどうした？　美味かったではないか』

『うむ。新しい味覚に出会えて、なかなかに楽しかったのう』

『だな！　主の飯が一番ではあるけど、ここで食ったような味は主の作る飯では出てこないもんな！　ちょっと癖があるけど、たまに食う分には刺激があっていいと思うぜ』

『スイもたまにならいいと思うー！』

「確かに異国の屋台飯、美味かったけどっ。だけど、次から次へと屋台を渡り歩くだけでさ！　俺はもうちょっと周りを見ながら異国の雰囲気を味わいたかったの！　全然買い物もできなかったし」

『異国情緒というのならば十分に味わっただろうが』

『そうじゃぞ。普段とは違う異国の味わいを堪能したじゃろう』

『だよな〜。えらく辛いのとか初めて食う不思議な味もあったぞ』

『辛かった〜。スイ、辛いのキライだけど、あれは辛いだけじゃなかったなぁ〜不思議〜』

屋台のおやじさんから聞いた話じゃあこの辺はスパイスの産地だから、他国ではめちゃくちゃ高いスパイスが安く手に入れられて料理にもふんだんに使われているみたいだからね。

「って、食い物だけでしょうが。そういうんじゃなくってな、こう街の雰囲気とか、街でも有名な場所とか、そういうのを……」

そう言っても、フェル、ゴン爺、ドラちゃん、スイにはまったく通じていないようだ。

食が一番の食いしん坊カルテットに、異国情緒あふれる街の雰囲気を一なんて言っても理解されないか。

「ハァ、もういいよ。日が暮れるまでまだ少しあるから、買い物だけしていくわ」

滅多に来られない小国群で異国情緒を楽しむはずが、なぜか食い倒れ屋台巡りツアーとなってしまった一日なのであった。

食いしん坊カルテットが一緒だとこうなる運命か。

トホホ。

あとがき

江口連《えぐちれん》です。「とんでもスキルで異世界放浪メシ　14　クリームコロッケ×邪教の終焉《しゅうえん》」をご購入いただきまして本当にありがとうございます！

早いものでこのシリーズもついに14巻となりました。これほど長期間にわたって刊行させていただくことができて嬉《うれ》しいのと同時にありがたく思います。

こうしてここまでこれたのも、読んでいただいている読者の皆様のおかげだと本当に感謝しております。

14巻は、創造神様の神託でムコーダ一行がインチキ宗教「ルバノフ教」にお仕置きへと向かいます。そして、あまり知られていない手付かずのダンジョンにも挑戦と見所満載ですので、皆様にも楽しんでいただけたら嬉しいです。

そして、ついに今年1月からアニメが放送開始となり、無事に最終回を迎えることができました。

皆様、見ていただけましたでしょうか？

私は本当に楽しませていただきました。

特に料理シーンは圧巻で、巷《ちまた》で神作画と話題になっていましたが「その通り！」というクオリティ。

さすがMAPPAさんと言うしかなく、要の料理には一切手抜きなく正に飯テロでした（笑）。

それから協力企業様のおかげで実物の商品名を出させていただけたことで、より身近に感じられて面白さも増したことも良かったです。

そのおかげでアニメをご覧になった方からも大好評で本当に嬉しい限りです。

もう一つ嬉しかったのが「アニメ、家族で見ています」というお話をたくさんいただけたことです。

この作品は、派手な戦闘シーンもないし、ラノベには必須とも言えるヒロインもいないので「ラノベっぽくない」とか「ヒロインがいないから面白くない」とか言われたこともありましたが、これでいいんだと実感できました。

自分が読みたいものを書いてきたというのもありますが、幅広い年代の人に楽しんでもらえると嬉しいなという思いもありました。

なので、家族で楽しんでいただけているという話を聞いてとても嬉しかったです。

アニメを制作していただいたMAPPAさんやアニメに関わっていただいた方々には本当に感謝の言葉しかありません。本当にありがとうございました。

そして、協力企業のイオンリテール様、エバラ食品工業様、花王様、カゴメ様、サントリーホールディングス様、ハインツ様、ロッテ様、ご協力してくださり本当にありがとうございました。

本作のイラストを長きにわたり描いてくださっている雅《まさ》先生、本編コミックを担当してくださっている赤岸《あかぎし》K先生、そして外伝コミックを担当してくださっている双葉《ふたば》もも先生、担当のI様、オーバーラップ社の皆様も本当にありがとうございます。

最後になりましたが、皆様、これからものんびりほのぼのな異世界冒険譚《ぼうけんたん》「とんでもスキルで異世界放浪メシ」のWEB、書籍、コミックともどもよろしくお願いいたします。

15巻で再びお会いできることを楽しみにしております。

とんでもスキルで異世界放浪メシ 14
クリームコロッケ×邪教の終焉

発行 2023年4月25日 初版第一刷発行
2024年1月18日 第二刷発行

著者 江口 連
イラスト 雅
発行者 永田勝治
発行所 株式会社オーバーラップ
〒141-0031
東京都品川区西五反田8-1-5
校正・DTP 株式会社鷗来堂
印刷・製本 大日本印刷株式会社

ISBN 978-4-8240-0470-3 C0093

【オーバーラップ カスタマーサポート】
電話 03-6219-0850
受付時間 10時〜18時(土日祝日をのぞく)

作品のご感想、ファンレターをお待ちしています

あて先:〒141-0031 東京都品川区西五反田8-1-5 五反田光和ビル4階 ライトノベル編集部
「江口 連」先生係/「雅」先生係

スマホ、PCからWEBアンケートにご協力ください

アンケートにご協力いただいた方には、下記スペシャルコンテンツをプレゼントします。
★本書イラストの「無料壁紙」 ★毎月10名様に抽選で「図書カード(1000円分)」

公式HPもしくは左記の二次元バーコードまたはURLよりアクセスしてください。
▶ https://over-lap.co.jp/824004703
※スマートフォンとPCからのアクセスにのみ対応しております。
※サイトへのアクセスや登録時に発生する通信費等はご負担ください。

オーバーラップノベルス公式HP ▶ https://over-lap.co.jp/lnv/